國王遊戲

王様ゲーム 再生9.19

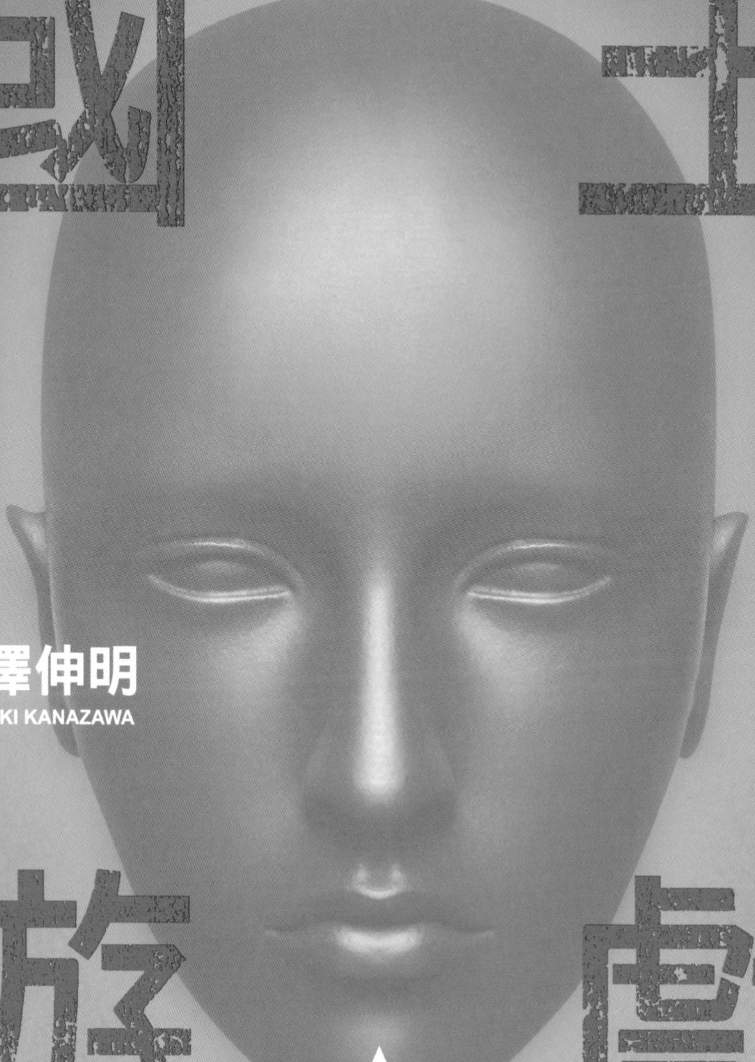

金澤伸明
NOBUAKI KANAZAWA

再生
REBORN
9.19

國王遊戲〈再生9.19〉

國王遊戲 再生 9.19 ◆目次◆

序章　9/10 [FRI] PM 04:24 5
第 1 章　命令 1　9/18 [SAT] PM 02:32 23
第 2 章　命令 2　9/19 [SUN] PM 11:50 79
第 3 章　命令 3　9/21 [TUE] AM 00:14 165
第 4 章　命令 4　9/23 [THU] AM 00:16 239
第 5 章　命令 5　9/24 [FRI] AM 01:47 293

序章

9/10 [FRI] PM 04:24

【2010年9月10日（星期五）下午4點24分】

宮內雅人站在校舍的頂樓，出神地眺望著札幌市區的街道。夕陽逐漸向西傾斜，幾十層樓高的大廈被照得閃閃發亮。視線落定後，他看到大卡車正好駛過校門前，揚起了一片沙塵，後面的貨斗還載著堆積如山的建築材料。

「快3個月了……時間過得真快……」

雅人回想起3個月前發生的事件。當時，住在日本的所有高中生收到一則簡訊，之後全國便陷入了恐怖和混亂的狂潮之中。難以數計的高中生在那次事件中喪生，許多大人也受到牽連、死傷慘重。至於僥倖活下來的人，內心也留下難以抹滅的傷痛。

家人死了、朋友死了、愛人死了，永遠不會再回來了。

「日本一定會很快站起來的……」

雅人喃喃地說著。這時，有人碰了一下他的肩膀。

回頭看去，一名身穿制服的少女就站在他後面。少女偷窺著雅人的表情，一頭及肩的半長髮輕輕地搖曳著。線條分明的雙眼皮下面那對眼眸，散發著夕陽的光彩。

「你又跑來頂樓了，雅人。」

「美咲……」

雅人直呼少女的名字。春野美咲是雅人的同班同學，也是班長。美咲張開櫻花色的嘴唇說：

「大家都在找你耶，他們在問『隊長跑去哪裡了』呢。」

「隊長？我才沒有那麼偉大呢。」

雅人呼地嘆了一口氣。

「我只是在國王遊戲的那時候，說服大家選擇『只有高中生以外的人可以活下去的世界』而已。」

「嗯，可是我沒有說服其他高中生這麼做。」

「沒那麼偉大啦。妳自己還不是投票選擇『只有高中生以外的人可以活下去的世界』嗎？」

「我覺得這樣很了不起。這表示身為高中生的你不惜自己受到懲罰呢。」

美咲的表情略顯憂鬱。

「我只是單純做選擇而已，並沒採取積極的行動。可是雅人不一樣，你很努力地呼籲大家，所以日本才能得救。」

「我做的事根本不算什麼，頂多改變幾百名高中生的想法而已。真正拯救日本的，是犧牲自己的性命來製造凱爾德病毒抗體的工藤智久，和在電視上演說的渡邊修一。」

「他們兩位的確很偉大，可是你也一樣啊。因為你打動了那麼多人的心，這個世界才能度過劫難。」

「可是也因為這樣，死了不計其數的高中生，他們連施打抗體的機會都沒有。」

「那是因為……」

美咲那對勻稱的雙眉皺了起來。

「當時，只有那個辦法了。如果只有高中生活下來的話，情況一定會變得更糟。現在社會還能繼續運作，就是因為大人們活下來的緣故。」

美咲的視線追隨著在路上行駛中的卡車。

「有食物可吃、有電可用，這些都是多虧大人們的努力，也因為有他們，我們才能繼續念書。」

「妳說的也有道理……」

「而且，如果不是高中生受罰的話，小孩和嬰兒都會死。那是絕對不可以的！」

美咲的雙手緊握成拳頭，貼在胸前。

「你的做法是對的。而且，做選擇的是我們高中生。我對自己做這樣的選擇感到很驕傲。」

「驕傲……是嗎？」

雅人搔了搔頭。

「聽妳這麼說，我的心情好多了。我的腦筋不太好，總是在想，難道沒有更好的方法了嗎……」

「要讓全部的人獲救是不可能的。與其沉浸在過去，不如想想未來吧。」

「未來……」

「嗯，我們一定要好好活下去，這樣才不會辜負犧牲性命製造抗體的智久。」

「說得也是……很多高中生想活卻不能活呢。像我們班上的同學，也幾乎全死了。」

雅人從制服的口袋裡掏出智慧型手機。液晶螢幕上出現的是雅人和幾名同學開心合照的畫面。

「再也見不到他們了……」

「雅人失去了很多好朋友呢。」

「妳不也是嗎？唉，我們班的同學大家都一樣。」

美咲悲傷地垂下眼睛。

「聽說，最後倖存的高中生，只剩下幾萬人而已。」

「這幾萬人的其中一部分，就是在札幌市的這所高中就讀呢。」

「為了讓『失落的世代』一起受教育，北海道的高中生都被集中到札幌市了……」

「失落的世代嗎……」

雅人雙手抓著防止墜落的鐵絲網，看著正在校園裡走動的學生，不禁嘆了一口氣。在夕陽的照射下，可以看到每個學生穿的制服款式都不盡相同。

從今年6月8日開始的國王遊戲，讓日本的高中生受到懲罰，造成超過50萬名的高中生慘死，只有施打抗體的學生存活下來。這群倖存的高中生被世人稱為「失落的世代」。

當時北海道的媒體在得知雅人的行動後，將他譽為地方英雄，四處尋找他的下落。如今，騷動都平息下來了。

「好想變回普通的高中生喔。」

「是嗎？你收到堆積如山的生日禮物時，不是很開心嗎？沒想到現在會說這種話。我記得你還在教室大喊『我比偶像還受歡迎』呢！」

「啊……那只是瞎起鬨而已啦。」

雅人趕忙搖頭否認。

「我只喜歡美咲妳一個人。一個月前我不是向妳表白了嗎?可是妳一直沒有答應。」

「那是因為聽起來好像在開玩笑。」

「我是認真的!打從認識妳的那一刻起,我就覺得妳很可愛。後來我們編在同一班之後,我發現妳個性直率又體貼,只是脾氣不太好。」

「嗄?脾氣不太好?」

美咲工整的雙眉皺了一下。

「我生氣是因為你一看到其他女孩子就臉紅,都已經向我表白了耶!」

「妳誤會了,我哪有臉紅!是女孩子跟我打招呼時,覺得有點興奮而已。」

「那更要不得!」

美咲往雅人的頭咚地敲了一下。

「還說會興奮呢,不是喜歡我嗎?」

「那、那是男人的本性啊。可是我真正喜歡的人,只有美咲妳一個,我可以對天發誓。」

「哼哼……你說的話能信嗎?」

「當然能啊!妳看我的眼睛。妳覺得這是會說謊的眼睛嗎?」

「噗……哈哈哈。」

看到雅人瞪大了眼睛,不斷地把臉逼近自己,害得美咲忍不住笑了出來。

「就說嘛，比起傷腦筋的樣子，還是打起精神的雅人比較可愛。」
「要是妳肯答應跟我交往，我會更加精神百倍。」
「精神百倍……？這樣啊，那我就答應跟你交往好了……」
「真、真的嗎？」
雅人的眼神閃閃發亮，雙手緊緊抓著美咲。
「那麼，從現在起，我們就是男女朋友了嗎？」
「啊、嗯。可以這麼說吧。」
「美咲，我最喜歡妳了！」
雅人摟著美咲，嘟了起嘴。
「等、等一下，你要做什麼？」
美咲用手擋開雅人的臉。
「你也太性急了吧。」
「咦？不可以嗎？我們已經是男女朋友了不是嗎？」
「當然不行。第一，我這個人很講究氣氛的。」
「我又不懂什麼氣氛。」
「好了好了，先回教室再說吧。」
聽到雅人的抱怨，美咲一面推著他的背，一面張開櫻花色的嘴唇輕聲地安撫他。
「別抱怨了……再忍一下……知道嗎？」

一踏進2年C班的教室，班上的荒井和彥馬上露出雪白的牙齒，朝他們走來。和彥是足球社的，身材相當高大，頭髮理得很短，兩頰還有青春痘的疤痕。

「喔，隊長回來啦。」

「就說過我不是隊長嘛！」

雅人朝和彥的肩膀用力拍了一下。

「叫我雅人就好啦。」

「可是，你本來就是隊長啊。」

和彥不解地低頭看著雅人。

「你是我們復興志工隊『絆之樹』青少年部的隊長不是嗎？」

「老實說，我壓根就不想當什麼隊長。雖然我很高興參加復興志工隊，可是我這個人真的不是當隊長的料。」

「嗯嗯，平常的你的確比較像搞笑股長。」

「誰是搞笑股長！」

「哈哈哈。放心吧，大家都知道，你是那種該認真的時候就會認真的人。」

「希望是這樣。等等，發生了什麼事嗎？為什麼大家都留下來了？」

雅人在教室裡看了一圈後這麼問。和彥後面站著三原武和遠藤博史，旁邊還有冰室香鈴、西川里奈、東原綾乃等幾個女孩子。包括雅人和美咲在內，這8個人都是復興北海道的志工組織『絆之樹』的成員，在班上的感情也特別好。

「今天又沒有志工活動，難道你們想要去唱卡拉ＯＫ？」
「雅人唱歌超難聽的，我才不想去呢。」
和彥皺起粗厚的眉毛說。
「唱起歌來就像某知名動畫裡的孩子王一樣五音不全。」
「那你們到底要做什麼？」
「討論旅行的事啊。之前不是說好，下次的三天連假要一起出去玩嗎，還要過夜呢……」
「對喔……是有這件事。」
雅人搔搔頭說。
「可是，當時大家不是說沒錢，所以取消了嗎？而且，我現在也沒那麼多錢參加外宿的旅行。」
「可是，我在網路上看到遊樂部岳有一家民宿，願意給高中生優惠。我打電話去問過了，店家說如果地方英雄雅人也參加的話，可以打3折喔。」
「喂！我什麼時候變成討價還價的籌碼啦！」
「哎呀，有什麼關係呢。」
和彥露出狡猾的笑容，把大大的手掌放在雅人的頭上說。
「只要用高中生的零用錢，就可以烤肉、泡溫泉、呼吸大自然的新鮮空氣耶！」
「泡溫泉啊……好像挺不錯的。」
看到雅人陷入遐想的表情，香鈴發出像風鈴一樣的笑聲。

「雅人，你是不是想歪啦？」
「啊，我、我哪有！」
「真的？」
香鈴冷不防地把臉靠近雅人。那對像是夜晚在風中泛起漣漪的湖水般雙眸，反射出雅人慌張的模樣。
「唉，比起我這種個子矮小、身材跟小孩子差不多的女孩子，能讓雅人陷入遐想的，應該是大胸部的女孩子入浴的畫面吧。」
「誰說的，在這裡的每個女孩子的全裸畫面，都是我想像的……啊！」
因為頭被美咲敲了一下，雅人趕緊用手按住。
「痛……痛死我了，美咲。」
「誰叫你要胡思亂想，這是懲罰。」
「嗄？只是想像而已，有什麼關係嘛。」
「想像也不行。你以為這樣就可以被原諒嗎？」
「唔……」
「他只是想像一下，有什麼關係呢？美咲。」
聽到雅人和美咲在鬥嘴，香鈴忍不住插話說。
「嗄？難道，妳成為男孩子的幻想對象，也不在乎嗎？」
面對美咲的質問，香鈴表情納悶地側著頭。

「我是不在乎啊，因為我知道男孩子都是這樣。」

「哼，妳真是個怪胎。」

「是美咲妳太追求完美了。妳必須接受男人也是有缺點的。」

香鈴輕輕甩動著長及胸前的黑髮，然後把視線投向雅人。

「當然啦，女生也有缺點，就是愛耍心機……」

「沒錯，沒錯！香鈴說得很有道理。」

雅人點頭如搗蒜地表示同意。看到他那副模樣，和彥忍不住笑了。

「哎呀，原來英雄也是好色之徒呢。」

「就說我不是英雄了嘛！」

「是、是，『地方英雄』。」

和彥故意在雅人面前，深深地彎下腰。

「那麼，旅行的事就交給我全權處理，大家沒意見吧？」

「雖然不滿意你的口氣，不過就交給你吧。畢竟和彥本來就很擅長辦活動。」

「很好！地方英雄已經同意了，那麼，大家開始商量旅行的計畫吧。」

「拜託，別再叫我地方英雄了！」

聽到雅人的抗議，教室裡再次響起了笑聲。

【9月10日（星期五）晚間6點20分】

雅人和美咲並肩走在通往學校宿舍的路上，因為那條路也通到車站，所以沿途有下班回家的上班族、中學生走在他們的前後。雖然夕陽已經下山，不過在路燈和周圍的房舍透出來的燈光照射下，柏油路依然清晰可見。

就在他們經過一間老舊的咖啡店前面時，背後突然傳來高亢的叫聲。回頭看去，一名穿著灰色套裝的中年女性就站在那裡。她看起來瘦得有點病態，容貌像死人一樣慘白。那對塗了紅色唇膏，感覺有點可怕的嘴唇突然張開：

「抱歉，可以打擾你們一些時間嗎？」

然後，她緊緊握住雅人的手。力氣超乎想像的大，雅人忍不住皺起臉。

「你想不想得到幸福？」

「嗄？得、得到幸福？」

雅人詫異地看著那個女人。

「這話是什麼意思？」

「就是字面上的意思。你想得到幸福，還是不想？」

「……」

「突然聽到我這樣說，你一定嚇到了吧。可是，請你仔細想想看，現在這個世界充滿了不幸，可怕的事不斷發生。在這樣的世道下，想得到幸福是多麼不容易的事啊。」

「啊……呃……說、說得也是。」
「雖然令人難過，但這就是現實。」
大概是得到雅人的認同，感到開心的緣故吧，女人的眼角擠出了魚尾紋。
「所以，我們現在要創造一個讓所有人都能幸福的世界。」
「所有人都能幸福的……世界？」
「是的。一個沒有戰爭，用和平的手段管理一切的世界……」
女人伸出滿是皺紋的細手給雅人看。
「人類充滿了缺點。會老化、會生病，因為太過自我，使得精神受到了污染。可是，如果由完美的生命體來管理人類，世界就會變得完美了。」
「管理人類？妳是說，我們要被管理嗎？」
「是的，人類是該被管理。你看看現今的世界吧。現在就是人管理人的世界。結果呢？到處都是競爭和掠奪。」
女人的眼睛開始充血，而且越睜越大。
「再這樣下去，地球會變成一個飽受污染，連植物都無法生存的星球。你不希望變成這樣吧？」
「這……話是沒錯，可惜這世界上沒有比人類更優秀的生命體了。」
「怎麼會沒有？比人類優秀的生命體是存在的。沒有性別之分，全部的個體共享同樣意識的完美生命體，就在你我身邊。」

「你我身邊……？」

「如果你也渴望一個和平的世界，那就加入我們吧。只要願意犧牲自己，地球就能得救。」

那名女子從放在腳邊的紙袋中，取出一張B５大小的宣傳紙。

上面有美麗的森林和湖水的水彩畫，上半部排列著「審判日即將來臨！」幾個紅字，旁邊還有由數個正三角形組合起來的燙金圖案。

宣傳單背面寫的是「由 CHILD 管理人類，為地球帶來永續和平」。

「CHILD？CHILD 是指小孩嗎？」

「不是人類的小孩，是神之子。CHILD 是無比美妙的生物，一種既非男、也非女的第三性，是完美的生命體……」

中年女子一臉陶醉地把嘴唇貼近戴在右手無名指上的戒指。戒指表面刻的圖案和宣傳單上的一模一樣。

「是的，犧牲自己的肉體，好讓 CHILD 誕生，這就是我的使命……」

「阿、阿姨……」

「審判日就快要到了，你也來參加我們的集會吧。」

女人瞇著眼睛說。

「雖然會有很多人死去，不過那是通往和平的必經之路。我們『再生』的信徒所做的努力，都是為了造福地球上所有的生命。」

「再生？」

「是的。請不要忘記，如果你渴望真正的和平，就必須要有犧牲自我也在所不惜的覺悟。」

女人說完，嘴角上揚地笑了。瞇成細線的眼睛深處散發出瘋狂的光芒，讓雅人感到不寒而慄。

「原來是再生的信徒。」

站在雅人身邊的美咲一面嘀咕，一面看著那名中年女子找上一名上班族男性攀談。不過上班族沒有理會，於是女人又轉而朝幾名大學生走去，把宣傳單拿給他們。

「美咲，妳知道『再生』？」

聽到雅人這麼問，美咲露出詫異的表情。

「你不知道嗎？最近網路上很多人在說，有一個危險組織正在北海道招募信徒呢。」

「危險組織？說得也是，剛才那位阿姨的確有點可怕。」

「真正危險的是他們的思想，就是她說的管理人類。」

美咲的眉毛微微地向上挑起。

「雖然她提到這世界上存在著完美的生命體，可是那根本不可能啊。唉，宗教團體老是用這套說詞。」

「美咲，妳相信嗎？」

「怎麼可能。不過，再生的信徒好像比想像中還要多呢。尤其是爆發國王遊戲之後，大家都想找個心靈的寄託。」

「是啊……畢竟死太多人了。」

雅人用力握著書包的提把。

「每個人都渴望一個沒有爭奪的和平世界吧。」

「是啊。不過，你可不要去想什麼犧牲自我的事喔。」

「是嗎？」

「嗯，因為那樣想的話，就不會珍惜自己的生命，也不會珍惜別人的生命。」

「別人的生命啊……」

雅人像在重複美咲的話一樣地喃喃自語。

雅人在宿舍的玄關處和美咲道別後，往自己位於3樓的房間走去。打開門，按下開關後，LED的燈光立刻照亮木質的地板。

經過一段窄短的走廊後，雅人走進一個三坪大小的房間。他一邊喝著從冰箱拿出來的汽水，一邊按下桌上的電視遙控器。液晶畫面上出現的，是一個表情嚴肅的男性播報員。

『……公寓的垃圾棄置場發現了北野俊夫的屍體。死因是失血過多，腹部疑似遭到撕裂，而且內臟全部不翼而飛。北海道警方正在追查，這件案子是否和最近發生的連續幾起失蹤案有關，同時也決定加強夜間的巡邏。』

「什麼，腹部遭到撕裂？是變態殺人狂嗎？」

雅人皺著眉頭，在電視機前盤腿而坐。

「或許就是發生太多這種事情，剛才那位阿姨才會有那些奇怪的想法。」

這時，智慧型手機發出簡訊的鈴聲。寄件者是雅人的母親幸惠。雅人看了一下簡訊的內容。

【這次的連假要回家嗎？我們還沒有計畫，希望你快點跟家裡聯絡。還有，晚上不要出門，最近好像經常發生一些可怕的案件呢。】

「怎麼回事？媽也看了剛才的新聞嗎？」

雅人熟練地回覆簡訊。

「呃……這次連假我要和同學去旅行，不回家了……寒假再回去……這樣就行了吧。」

訊息傳出去之後，雅人躺在木質地板上休息。

「旅行啊……」

雅人看著智慧型手機螢幕上老同學們的合照。

「好想跟這些傢伙一起去旅行啊。他們跟和彥一定也很聊得來吧。」

雅人的嘴角淺淺地笑了。

「真想一起去偷窺女生的浴池。」

他閉上眼睛，回想起那些死去的老同學們的身影。

遊戲規則

1 居住在北海道的所有人強制參加。

2 收到國王的命令之後，絕對要在24小時內達成使命。

3 不遵從命令者將受到懲罰。

4 絕對不允許中途退出國王遊戲。

第1章

命令1

9/18 [SAT] PM 02:32

【9月18日（星期六）下午2點32分】

從接送的小巴士下車後，就看到白樺森林裡面有一棟白色的兩層樓民宿，玄關前擺著木製的桌椅，修剪整齊的草皮上，排列著幾個紅色磚瓦堆砌而成的爐灶。

雅人的雙手左右攤開，大口呼吸新鮮的空氣。

「呼——！這裡的空氣果然和都市裡污濁的空氣不一樣呢。」

「你真的分得出差別嗎？雅人。」

和彥扛著塞得鼓鼓的運動用品背包，露出雪白的牙齒調侃地說。

「你這個人連麥當勞奶昔的香草口味和草莓口味都分不清楚呢。」

「因、因為那是冰的，所以分不出來。如果是熱的，我就能分出來了。」

「熱奶昔？沒人想喝那種東西吧。」

「哼……你很囉唆耶！」

美咲拍了拍嘀咕中的雅人的背。

「要聊天等一下再聊，先幫忙把行李拿下來吧。女孩子的行李很多呢。」

「啊……對喔，抱歉。」

雅人從美咲手上接過行李。和彥也趕忙把香鈴的行李從小巴士上提下來。

這時，一名白髮男子走過來，帶著親切的笑容向雅人他們打招呼。

「歡迎光臨『白狼館』！我是負責人矢島源藏。」

「啊……我們有事先預約……呃……是用誰的名字預約的？和彥。」

「沒關係，高中生的客人只有你們。而且我們從地方電視新聞中，已經知道宮內雅人的長相了。」

白鬍子覆蓋下的嘴角露出了微笑。

「那麼，我先帶你們去房間吧。」

源藏拿起放在地上的行李，走上通往民宿的石板路。

「啊、謝謝。」

「別客氣，這是我的工作。我上了年紀還這麼有力氣，就是因為做這個工作的緣故。而且，我現在每天還得砍柴呢。」

聽到源藏的話，走在雅人旁邊的香鈴小聲地笑了。

「說不定比雅人還要有力氣呢。」

「唔……我的力氣是不大，不過我的速度很快喔。」

「這種時候，速度快又派不上用場。」

「哈、哈哈。反正，我以後打算選個坐辦公室的工作。」

雅人的臉頰微微地抽動著。

男生的房間在2樓的最末端，房間裡擺著兩床靠牆的上下鋪，而且打開窗戶就可以望見白樺森林。

「太好啦！我們先去泡溫泉吧！」

和彥拍拍雅人的肩膀。

「距離吃晚餐還有一段時間，當然先去泡溫泉囉。」

「好是好，不用跟美咲她們說一聲嗎？」

雅人的視線移向右側的牆壁。牆的另一邊就是美咲她們的房間。

「既然來了，還是大家一起行動比較好吧。」

「她們一定也會去泡溫泉的。又不能一起泡，我們自己去就行了。」

「嗯，博史、武，你們也贊成嗎？」

「好啊，反正還有很多時間。」

博史一面整理留長的前髮一面回答。

「我也流了一身汗，正想把身體洗乾淨呢。」

「博史還是那麼愛漂亮。那張臉跟女孩子一樣秀氣。」

「像女孩子有什麼關係。倒是你，全身汗臭味會被美咲嫌棄喔。你們兩個不是在交往嗎？」

「可以這麼說啦，可是她連親都不讓我親一下。」

雅人哀怨地嘆了一口氣。

「美咲比想像中還要保守呢。」

「哈哈哈，那更要好好把握這次旅行的機會，一定要超越接吻的關係才行！」

「嗄！真、真的可以嗎？」

「這種問題你問我，我怎麼會知道。」

聽到他們兩人的對話，武忍不住笑了出來。

「雅人還是老樣子，呆頭呆腦的，再這樣下去會被美咲甩掉喔。當然，如果你被甩，我是很高興啦。」

「喂、武，你該不會想把美咲吧？」

「不只是美咲，只要是可愛的女生，都是我的目標！」

武舔了舔上嘴唇這麼說。

「這次參加旅行的女生有美咲、香鈴、里奈、綾乃，每個都是上上之選。綾乃是波霸、里奈很像偶像團體的愛子。啊、香鈴也很不錯，雖然是娃娃臉，可是充滿了神秘的氣息，可惜胸部小了點。」

「你這個人真是……」

「放心吧，我會先從那3個沒有男朋友的下手。為了達到目的，我得把先自己洗得香香噴的才行。」

武哼著偶像歌曲，然後興沖沖地跑出房間。

「我看武那個人，一個馬子也把不到。」

和彥嘀咕著。雅人和博史猛點頭表示贊同。

【9月18日（星期六）晚間6點48分】

泡完溫泉後，雅人他們幾個來到1樓的餐廳準備用餐。幾個盛了烤牛肉、羊肉、還有煮螃蟹的大銀盤就擺在白色的桌布上，一旁還備有熱湯和沙拉。

餐廳裡另外還有六名大學生，以及攜家帶眷的客人，大家都開心地圍著餐桌吃飯。

正在享用豐盛的烤牛肉時，一名體格壯碩的大學生，搖搖晃晃地走到雅人他們的餐桌旁邊。大概喝了酒吧，臉看起來紅通通的。

那名大學生對著坐在雅人對面，正在吃蔬菜沙拉的綾乃說：

「喂，你們是高中生吧？」

「啊……是的，我們是高中生……」

綾乃抬起頭，眼神不安地看著那名大學生。

「請問，有什麼事嗎？」

「我是北大空手道社的梶原勇雄。跟我們一起玩吧，那邊的3個女生也來。」

大學生像是在鑑價一樣地打量著綾乃她們。綾乃被勇雄好色的眼神盯得渾身不舒服，皺著眉看向雅人。雅人會意地點了一下頭，從椅子上站起來。

「對不起。我們只和自己的同學玩。」

「嗄？我又不是在問你。」

勇雄的語氣大變。粗厚的眉毛向上挑起，瞪著雅人說。

「被人家稱為『失落的世代』就跩起來啦。」

「你、你誤會了，我們並沒有那個意思。」

雅人搖搖頭說。

「只是，綾乃她不喜歡這樣。」

「不喜歡？你怎麼知道她不喜歡？」

「因為我們是同班同學。」

「臭小子！你神氣什麼！」

勇雄長了繭的拳頭打在桌面上，發出砰的一聲巨響，周圍的客人全都轉過頭來看。

「你……再這麼不識相的話，小心挨揍。」

「我已經說過了，我們沒有那個意思！」

「你說話的態度就是那個意思！跟老子說話要用敬語！」

這時候，同樣是那群大學生之一的男子，抓住勇雄的肩膀。

「不要胡鬧了，勇雄。」

「嗄？什麼？」

勇雄轉過頭去看，表情瞬間楞住了。

「啊……明智主將……」

「喂，你喝太多了。去外面跑一跑！」

「啊……是！」

勇雄朝雅人瞪了一眼後，才離開民宿。
「對不起，那傢伙的酒品很差。」
男子嘆了一口氣，搖搖頭說。他的身材比勇雄瘦，個子也較矮，不過卻散發著一股難以形容的氣勢。
「我是北大空手道社的主將明智京介。你們還是高中生吧？」
「啊……是、是的。」
「因為你們高中生選擇自我犧牲，所以我們才能免於一死。我一直想向你們道謝呢。」
京介深深地低頭致意。
「謝謝。」
「別、別這麼說，我們才要謝謝你的相救。要是真的打起來，我們肯定會輸。」
「哈哈，那傢伙平常是不會對一般人動粗的。總之，我不希望讓你們留下不愉快的回憶。」
京介說完，又再次低頭致歉，然後走回大學生的群體裡。
「呼……好緊張啊。」
雅人虛脫地坐回椅子上。看到他這個樣子，綾乃雙手交握，放在胸前說：
「謝謝你，雅人，剛才我有點被嚇到呢。」
「我也是。對方好像是空手道社的大學生。遇到這種場合，人高馬大的和彥應該可以跟他對抗吧？」
聽到雅人這麼說，和彥連忙搖頭否認。

「我是排球社耶，怎麼可能打贏空手道社？再說，雖然我的個子比較高，可是體格差太多了。」

「我是身高和體格都輸。」

「不，雅人是隊長，你一定會有辦法的。」

「志工隊隊長這個頭銜，在打架的時候根本派不上用場。剛才要不是有那個空手道主將出面，我肯定會被修理得很慘。」

坐在旁邊的美咲拍拍雅人的肩膀。

「可是，你剛才很帥耶。」

「咦？真的嗎？」

雅人的表情頓時亮了起來。

「看來，我剛才的搏命演出，並沒有白費呢。」

「少來了，哪有搏命。」

「誰說沒有。空手道的拳頭是很可怕的武器，被打中要害的話，是會死人的。」

「咦？真的嗎？」

美咲偷偷瞄了那群大學生一眼。

「反正，女生們要盡量避開剛才那個人，免得老是給男生惹麻煩，這樣也不好。」

「我也覺得這樣比較妥當。好不容易出來旅行，我可不想掛彩。」

「就是說啊。那我們回房間玩撲克牌好了。」

對於美咲的提議，所有人全數贊成。

【9月18日（星期六）晚間11點58分】

「好，這次又是雅人輸了。」

美咲把放在雅人面前，用來代替籌碼的玻璃珠搬到自己的手邊。

「這次是比對子的大小。」

「唔……我以為我的A對子穩贏的說……」

看到雅人的肩膀因為不甘心而顫抖，和彥不禁哈哈大笑。

「你這個人就是喜形於色，打牌的時候，這樣是很難贏的。」

「如果是玩網路遊戲的話，就看不到表情了。」

「這就是類比式遊戲的醍醐味啊。」

「啊、再一次！這次我一定要贏。」

「那麼，接下來輸的人要請大家喝果汁喔。」

「好！我這個人越挫越勇！你們覺悟吧！」

雅人把零散的撲克牌整理好。這時，放在褲袋裡的智慧型手機傳出簡訊的鈴聲。

「咦？誰打來的？老媽嗎？」

就在他伸手進褲袋的瞬間，一旁和彥的手機也響了，香鈴的也傳出振動。不只如此，美咲、里奈、綾乃、博史、武，每個人的手機都同時傳出簡訊鈴聲。

「咦？大家同時收到簡訊嗎？真是難得，怎麼會……」

雅人的話說到一半，突然中斷。

「怎麼會這樣……」

眼前的美咲一臉蒼白地盯著手機畫面，其他人的表情也變得十分嚴肅。

「難……難道……」

雅人從褲袋裡掏出智慧型手機，用顫抖的手開啟簡訊內容。

【9／19星期日00：00　寄件者：國王　主旨：國王遊戲　本文：這是所有居住在北海道的人所進行的國王遊戲。國王的命令絕對要在24小時內達成。※不允許中途棄權。※命令1：停留在各位目前所在位置100公尺之內。　END】

「不……不會吧？為什麼會收到這則簡訊呢……」

美咲抓住一臉愕然，口中喃喃自語的雅人的手。

「雅、雅人！這、這則簡訊是惡作劇吧？病毒不是已經被消滅了嗎？我們都施打了抗體，除此之外的高中生也都死了啊。」

「嗯嗯，是啊……照理說，是這樣沒錯……」

雅人像機器人一樣動作生硬地點頭，然後轉而看著和彥。

「和彥，你的手機也有收到國王傳來的簡訊嗎？」

「……」

「喂！和彥！」

「啊、嗯嗯，收、收到了……」

和彥神情驚恐地回答。
「為什麼……不可能啊！國王遊戲不是結束了嗎？」
「唔……」
雅人的手緊握著智慧型手機，來回看著四周。博史和武一臉鐵青地盯著自己的手機。綾乃和里奈兩人緊靠在一起，牙齒不停地喀噠作響。
香鈴用手按著左胸，朝雅人跑去。
「雅人，要不要確定其他人是否也收到了簡訊？因為裡面寫著住在北海道的所有人都要參加。如果這是真的，那麼民宿裡的人應該也會收到才對。」
「說、說得也是。還是先收集情報要緊。」
這時，門突然被打開，源藏匆匆忙忙進了房間。他大概是用跑的上樓吧，看起來上氣不接下氣，頭髮也有點凌亂。
「你、你們也有收到簡訊嗎？」
「也有……？源藏先生也收到了嗎？」
「是的。其他的客人也有收到……」
源藏用右手擦拭額頭不停冒出的汗水。
「電視從剛才就一直播出相同的內容，現在應該也一樣……」
「電視？」
雅人拿起桌上的遙控器，按下按鍵。擺在房間角落的液晶電視螢幕，立刻出現國王遊戲的命令文字。
「和之前的國王遊戲一樣。」
「那麼，這是……真的嗎？」
「目前還不確定，不過還是服從命令比較好……這樣比較保險。」
雅人看著智慧型手機的螢幕回答。
「對於這次的命令，大家不需要太緊張，只要留在原地不動就行了。」
這時，窗戶外面傳來不知道什麼東西的巨大碰撞聲。
「那……那是什麼聲音？」
大夥趕緊跑到窗戶旁邊看個究竟。有一輛汽車衝入白樺森林，擋風玻璃碎裂，一名男子上半身滿是鮮血地倒臥在撞爛的引擎蓋上，口中不停地吐出鮮血，把白色車體染成一片血紅，連車頭燈的顏色也變了。
「那輛車……」
「難道是因為移動了100公尺……所以才……？」
站在雅人身邊的美咲口中喃喃自語著。
「這樣的話……坐在車裡的人不就……」
「啊……」
雅人的臉色瞬間轉為慘白。
電視畫面這時也改變了，一名看似播報員的男子出現在螢幕上，神色頗為緊張。

『緊急插播。先前北海道的居民收到的簡訊，極有可能和今年6月全國高中生收到的國王遊戲一樣。請現在住在北海道的人，務必停留在目前所在位置100公尺內。開車、騎車，或是騎自行車的人，也要馬上停下來。已經有很多人死亡了。請把這則新聞傳達給沒有看到簡訊的人、以及沒有手機的人。北海道的所有人，很可能全都感染凱爾德病毒了。』

這時，一臉驚恐的播報員接過一張不知道是誰遞給他的紙。

『……收到最新情報了。道央道發生嚴重的連續追撞事故，一輛油罐車橫躺在路上，可能發生有毒液體外洩的危險。請附近的居民提高警覺。』

「連續追撞事故……是因為車子移動了100公尺以上，所以司機死了？」

雅人的雙腳喀噠喀噠地顫抖著。

——不只是司機。坐在車裡的人也都因為移動超過了100公尺以上而瞬間死亡。他們都受到了懲罰……

美咲開口問道：

「雅人……怎麼辦？」

在場所有人的視線都集中在雅人身上。雅人閉上眼睛，兩手用力拍打自己的臉。

「源藏先生，這棟民宿裡面，應該沒有人還不知道國王遊戲吧？」

「啊……富江……我太太富江還在睡覺，她應該還不知道。而且她沒有手機。」

源藏一面顫抖著雙唇一面回答。

「對了，我得馬上去通知我太太才行……」

「好，源藏先生，你快去找你太太，告訴她國王遊戲的事。我們先去餐廳集合。這種時候，大家還是聚在一起比較好。」

對於雅人的建議，大家都一臉認真地點頭贊成。

【9月19日（星期日）午夜0點47分】

雅人他們和其他的客人聚集在餐廳裡一起看電視。畫面上還是剛才那位播報員，而且不斷地重複唸著相同的訊息。

「呿！怎麼從剛才就一直播報一樣的訊息！」

吃晚飯的時候和雅人有過爭執的勇雄，也不耐煩地咋舌。

「日本政府到底在搞什麼鬼！還不快來救人！」

「這也是沒辦法的事啊。要是他們到北海道來，很有可能會感染凱爾德病毒。」

「嗄？」

勇雄不悅地瞪著雅人。

「我又沒在問你！」

「勇雄，安靜點！」

空手道社的京介主將，語氣強硬地斥責勇雄。

「連高中生都比你還冷靜！」

「……是！」

勇雄不情願地低下頭。

京介背對勇雄，朝雅人走了過去。

「雅人，我想問你一些事。」

「問我？」

「是的。你們的手機可以打出去嗎？」

「不能，所以沒辦法打電話報警，也無法跟家裡聯絡。」

雅人看著自己的智慧型手機這麼說。

「我想，可能是因為大家急著和家人聯絡，所以通訊塞車吧。現在網路也是斷斷續續的。」

「我們也是。每個人都希望能盡快和外界聯絡……」

「就算聯絡上了，也沒辦法解決問題吧，而且還有１００公尺的命令。這次連大人、小孩都被捲進國王遊戲裡了。」

「北海道的人全都無法倖免。」

京介把手機畫面拿給雅人看。上面出現的是陷入火海的札幌市區。

「這是網路流傳的影片。聽說是車子失控撞進加油站引發大火，而且火勢不斷向外擴散。」

「大概是消防車無法出動，所以滅不了火吧……」

「是啊，因為不能移動超過１００公尺以上。」

「可惡！怎麼會變成這樣！病毒不是已經消滅了嗎？」

雅人緊咬著下唇說。

突然，電視畫面出現一棟巨大的建築物。

『這是位於旭川市的陸上自衛隊旭川駐屯地的畫面。從影片中可以看到，建築物正在燃燒，好像是遭到攻擊了。』

接著，畫面又切換到駐屯地的正門。門裡面有好幾個人的衣服都染成了紅色。因為畫質模糊，無法看清楚細節，不過那些人手上拿著像是刀子的武器。

『攻擊旭川駐屯地的那些人，並沒有受到國王遊戲的懲罰。雖然目前還不知道他們究竟是誰，不過大家請務必小心提防……』

此時，周圍的光線瞬間變暗，電視畫面也消失了。

「是……停電嗎？」

黑暗中，雅人的耳朵傳出綾乃和里奈的尖叫聲。

「冷靜一點，在眼睛習慣黑暗之前不要隨便走動。」

雅人一邊說，一邊用力地眨眼。

「源藏先生，有手電筒嗎？」

「有、有。我馬上去拿來！」

源藏的聲音在黑暗中迴盪著。過了一會兒，在傳出啪嘰聲之後，手電筒的燈光隨即照亮了餐廳。

周圍頓時發出了安心的嘆息。

「手電筒只有一支嗎？」

京介問源藏。

「這裡只有一支而已。不過倉庫應該還有幾支，另外還有一箱蠟燭。」

「倉庫距離這裡遠不遠？如果超過１００公尺就不能去拿了。」

「沒問題的，從這裡到倉庫只有30公尺而已。」

源藏把手電筒交給民宿員工金田誠司。

「誠司，對不起，麻煩你去倉庫拿手電筒和蠟燭來好嗎？」

「是、是的，我這就去拿來。」

誠司語氣緊張地回答，然後跑出餐廳。

黑暗中，美咲拉住雅人的手。

「怎麼會突然停電啊？」

「不知道。不過，好像並不是所有的地方都停電。」

雅人指著白樺樹林中，還亮著的路燈這麼說。

「可能只是某部分的電線斷了，可是在這種情況下，又沒辦法修理。」

「嗯……」

美咲握著雅人的那隻手，比剛才更加用力了。

「雅人，你有沒有發現，這次的命令和之前的不一樣？」

「不一樣？哪裡不一樣？」

「我也說不上來，總覺得好像有什麼陰謀正在進行。」

從窗戶投射進來的月光，照出了美咲嚴肅的表情。

「這次命令的目的，似乎是要讓我們無法行動耶。」

「讓我們無法行動？」

「嗯，雖然對於那些開車的人來說難以執行，可是要達成這個命令並不困難不是嗎？只要24小時之內不要移動就好。」

「嗯，沒錯，的確是這樣。」

雅人皺起了眉頭。

「可是，讓我們不能行動，又能怎麼樣呢？」

「這我就不知道了……」

這時候，窗戶外面好像有影子在移動。

「咦？……什麼東西？」

雅人把臉靠近窗戶觀察戶外的動靜。發現有一對年輕男女蹲在不遠處，因為兩個人都背對著屋內，所以無法看清楚長相，只看到他們的肩膀微微地上下振動。

「他們在做什麼？」

「啊……是幹雄和陽子。」

站在雅人旁邊，一起看著窗外的源藏喃喃地說。

「他們是住在這附近的一對夫妻，可是，好奇怪啊……」

「嗯？怎麼了嗎？」

「雖說是鄰居，可是他們家距離這裡少說也有１００公尺以上。真想不通，他們為什麼會在大半夜跑來這附近……」

「的確……不太對勁。」

雅人這麼回答，然後把手心貼在窗戶的玻璃上。

在月光照射下，可以看到幹雄慢慢地站了起來，腳邊好像躺著什麼人。

「咦……？」

再仔細一看，倒在地上的人正是剛才離開餐廳的誠司。

「啊……啊啊啊啊……」

雅人手指著誠司，嘴巴一開一合地振動。美咲也發出尖叫，聲音剛好和綾乃、里奈的重疊。

被聲音驚動的幹雄和陽子轉過身，面朝雅人這邊。他們的嘴裡吐出肉色的觸手，觸手前端有銳利的鋸齒，而且還扭來扭去地蠕動著。

他們拖著搖搖晃晃的身體，一步步往這邊靠近。來到一臉呆然的雅人面前時，幹雄冷不防地伸出右手往窗戶襲來，在一聲鏗啷巨響後玻璃瞬間碎裂，碎片還噴到雅人的臉上。

「哇啊……」

雅人嚇得歪著嘴往後退避。

幹雄的觸手從玻璃的破洞伸進來，前端纏住雅人的右手，銳利的鋸齒螫破了他的皮膚。

「啊……這、這是什麼！」

雅人用左手把觸手剝開後，拿起桌上的盆栽朝觸手用力猛敲。可是，幹雄的動作並沒有因此停住，而是動作遲緩地低下頭，鑽進餐廳裡。

「閃開！雅人！」

京介把雅人推到一邊，自己擋在前面。

他張開雙腳，朝幹雄的臉揮出一記右拳。幹雄的脖子發出喀啦聲後，呈現異常的角度彎曲，臉像故障的電視機畫面一樣扭動，皮膚也瞬間發白。幹雄面無表情地從嘴巴吐出觸手，攻擊京介的臉。

京介一面躲避攻擊，一面大喊。

「大家一起上！不要客氣，用力打！」

聽到京介的喊話，空手道社的成員們發出氣勢十足的吶喊，一起衝上前把幹雄痛毆一頓。普通人遭到這樣的攻擊，恐怕早就骨折了吧，可是幹雄挨了十幾拳卻依然面不改色。

幹雄的手掐住一名空手道社員的脖子。在傳出如樹枝折斷般的聲音後，那名社員的脖子呈直角下垂，身體像癱瘓一樣地倒在地上。陽子踩過他的身體，直接進入餐廳。

「勇雄、敦、快阻止那個女人！」

京介一面對空手道社員下達指令，一面用拳頭猛捶幹雄的身體。幹雄受到攻擊的剎那楞了一下，源藏趁機拿起菜刀，砍斷那些蠕動的觸手。觸手前端掉在滿是玻璃碎片的地上，卻還不停地扭動，吐出一灘透明的液體。

「噗咳……」

幹雄發出像是溺水的聲音後，拖著腳步往後退。

「廚房有菜刀！快去拿來！」

聽到源藏大喊，和彥與武趕緊往廚房跑去。幹雄和陽子眼見情勢不對，轉身從窗戶的破洞倉惶地跑了出去。

「好！用桌子把窗戶堵住！」

在京介的號令下，雅人等人動作迅速地把桌子搬到窗戶旁邊。

「其他的窗戶也要堵住！」

「釘子！去拿釘子來！」

餐廳裡面充滿尖叫和怒吼。

正當雅人死命地壓著桌子時，旁邊的大學生突然一臉痛苦地倒在地上。

「嗄……？你、你不要緊吧？」

那名大學生沒有回答。變成青紫色的嘴，只是像金魚一樣不停地開合，身體喀噠喀噠地抽搐著。

「怎……怎麼會突然……」

此時，雅人才注意到那名大學生的手臂有被觸手螫傷的痕跡。傷口很深，周圍的皮膚腫脹不堪。

「啊……唔……」

大學生的眼睛翻白，抽搐的情況越來越嚴重，地板也不停地啪噠啪噠作響。

「可、可惡！該怎麼辦才好！」

雅人拼命地壓住那個人的身體。他往四周看去，發現還有另一名學生也倒在地上痛苦地掙扎，身上同樣有被觸手攻擊的痕跡。

「啊……啊……」

被壓住的那個大學生突然停止抽搐，急促的呼吸也消失了。看著他那對黯淡無光的瞳孔，雅人的額頭流下了冷汗。

「死……死了？騙人的吧？才這麼一點傷就……」

看著自己手臂上的螫痕，一陣寒氣竄上了雅人的背脊。

【9月19日（星期日）凌晨2點11分】

北海道道廳內的一間辦公室裡，北海道知事藤澤藏夫正在聆聽直屬部下高倉俊和的報告。

「……根據病毒研究中心的報告，CHILD 的基因構造和人類完全不同。」

「和人類完全不同……？」

藤澤神情嚴肅地翻閱著高倉拿給他的報告書。

「他們到底是什麼？突變種嗎？或者，根本就是外星人？」

「我也不知道。不過，我已經把資料傳給政府，可是一直沒得到回應。以目前的狀況，恐怕無法進行更深入的調查吧……」

「另外，國王遊戲的問題也很棘手。」

「也許這個問題更危險。」

「或許，可以朝人為的方向去想吧。」

「你是指宗教團體『再生』嗎？雖然至今還無法掌握確切的證據，可是從公安的情報來看，應該是錯不了。」

「他們的動作真快。之前就聽說過，那些人改寫了奈米女王的程式。可是隨著凱爾德病毒的抗體製造完成，政府以為病毒的威脅也消失了，實在是一大誤判。」

藤澤把報告書擱在木桌上，看著自己滲出汗水的手心。

「新種病毒的事，應該沒錯吧？」

「是的。當初去檢查的全部職員血液中都有發現。病毒研究中心的職員也是。另外，從一般人之中抽驗的例子、還有我們的體內都有……」

原本面無表情的高倉說到這裡時，臉頰微微地動了一下。

「新種病毒會在這麼短的時間內，蔓延到全北海道，很可能就是因為『再生』的培養和散播。」

「去年高中生施打的抗體，難道沒效嗎？」

「是的。很可惜，對新種病毒完全無效。」

「那些人到底在想什麼！怎麼會散播那種病毒呢，真是令人難以置信。」

「『再生』本來就是宣揚末日思想的團體。他們大概是透過某種管道弄到新種病毒，才會想出這種瘋狂的舉動吧。或者，和CHILD有關……」

這時，辦公室的門傳來咚咚咚的敲門聲後應聲開啟。公安委員會的小松崎賢司，臉色蒼白地走進來。

「藤澤知事，北海道縣警那邊傳來消息，說熊川本部長死了。」

「熊川本部長？」

藤澤從椅子上站了起來。

「這個消息沒有錯嗎？」

「是的，聽說他在自家遭到CHILD的攻擊。因為急著逃跑，移動了超過100公尺的距離。」

「這麼說，本部長是受到國王的懲罰而死了？」
「好像是這樣。報告上說，是失血過多死亡的。」
「怎麼會發生這種事……」
高倉突然站在他們兩人的中間。
「小松崎先生，你的衣服……」
高倉的手指著小松崎穿的暗灰色西裝說。
「上面沾了血跡。」
「血跡？啊，你說這個？」
小松崎的視線移到自己胸前沾上的血跡。
「剛才有職員受到懲罰，大概是那時候沾上的吧。當時我也在附近。」
「是哪一樓？」
「嗯？你在擔心什麼嗎？」
「你知道CHILD吧？他們具有擬態成人類的能力。」
高倉瞇起眼睛說。
「為了預防萬一，在基因檢查結束之前，請你不要靠近知事。」
「這樣說不是很奇怪嗎？那你呢？你不是一直待在知事的身邊嗎？」
「我一開始就接受檢查了。當然，知事也是。」
高倉語氣冷淡地說。

「我們已經證明自己是人類，可是你還沒有。」
「那現在該怎麼辦呢？這樣會影響我職務的執行。」
「有事情報告的話，用電子郵件和書信就可以了。沒必要接近知事。」
「需要提防到這種地步嗎？」
「我知道這麼做的確很失禮，可是現在是非常時期。除了小松崎先生之外，我也會請其他人配合的。」
「……好吧。你深受知事的信任，既然你這麼要求，我也不能說什麼。」
小松崎轉身，往門口的方向走去。
「啊……對了，高倉。」
「什麼事？」
「你的確是很優秀的人。」
小松崎突然轉身，冷不防從口袋裡取出小刀，朝高倉刺去。高倉的上身一閃，動作敏捷地躲過攻擊，隨即舉起左手手刀，往小松崎的脖子重擊而下。小松崎的脖子發出沉重的悶響後，呈現大幅度的扭曲。
「啊嘎……」
在脖子扭轉的情況下，小松崎笑了。半張的嘴裡，啾嚕啾嚕地伸出肉色的觸手。長了無數利牙的觸手前端，朝著高倉攻擊而去。一瞬間，房間裡傳出槍聲，小松崎的西裝立刻染成了紅色。

「唔唔……嘎……」

小松崎瞪著持槍對準他的高倉。

「你……為什麼有槍……」

「我說過，現在是非常時期。」

高倉面無表情地扣下扳機。鮮血從小松崎的頭部噴濺而出，整個人往後傾倒，身體還不停地痙攣。看到臉色越來越慘白、像個融化蠟像的小松崎，藤澤嚇得臉都變形了。

「沒想到我們的職員也遭到CHILD滲透了。」

「應該是吧。最好立刻要求所有的職員接受基本的基因檢查比較好。」

高倉這麼說，眼睛還是一直盯著小松崎的屍體。

「問題是，現在能做檢查的場所非常少。尤其是CHILD會擬態，要識破他們恐怕會越來越困難。」

「情況實在是太糟了。可是我們不能就這樣放棄，在政府的救兵趕來之前，我們一定要保護北海道的每個人！」

藤澤緊咬著下唇，伸手擦拭流下的汗水。

【9月19日（星期日）凌晨2點39分】

在鐵桶裡燃燒的木柴發出啪嘰啪嘰的聲響。搖曳的火光，照亮了坐在椅子上的雅人。旁邊的美咲憂心忡忡地問道：

「雅人，你真的不要緊嗎？」

「嗯，精神壓力雖然很大，不過身體還撐得住。」

雅人看著自己纏著繃帶的右手。

「我也想不通，為什麼自己會沒事……」

因為被幹雄和陽子的觸手螫傷的人都倒在地上打滾，全身痙攣，就像服毒而死那樣痛苦，唯獨雅人逃過了一劫……

——為什麼我會沒事呢？被觸手螫傷的傷口，就屬我的最深，而且第一個遭到攻擊的也是我，可是為什麼……

這時，一直握著手機的博史突然「啊」的一聲。

「咦？怎麼了？博史。」

「現在推特上面，都在討論剛才的怪物呢。」

博史把手機拿給雅人看。

【不要到外面！情況真的很糟！怪物神出鬼沒！】

【是攻擊自衛隊的那批人嗎？】

【應該是。他們不是人吧。】

【不是人?真的假的?】

【怪物會變成人。我們家隔壁的阿姨也是怪物,而且殺了好多人。】

【我的死黨也被怪物殺了。他們的觸手有毒,被螫到就會死。】

【是CHILD。我們全都死定了。】

【那就是宗教團體說的,要來管理人類的生命體嗎?】

【沒錯。『再生』的預言真的好準。】

【嗄?只要自衛隊出動,保證可以把他們殺得片甲不留!】

【怎麼殺?現在連移動１００公尺都不行耶!在這種情況下,根本不可能集體行動。更重要的是,那些怪物看起來就跟普通人一樣,真假難辨。】

【本州那邊至少也該派人來支援吧。】

【不可能的啦。進入北海道,就有可能遭到病毒感染,那可是連抗體都無效的新型病毒耶。我們北海道人已經被放棄了。】

【青函隧道聽說封閉了,我們又不可能從海上逃出去。就算可以,感染了凱爾德病毒,逃出去也沒有意義。】

【就是說啊。雖然國王遊戲的命令,指名所有住在北海道的人。不過正確來說,指的是感染了凱爾德病毒的人吧。】

【《歡迎轉貼》政府為了防止病毒感染的範圍向外擴散,會針對過去幾週待過北海道的人

進行隔離。曾經去過那裡的人，最好自行前往隔離所。】

大家七嘴八舌地討論之際，還有人上傳了從人的嘴巴伸出觸手的照片。

「這就是CHILD嗎？」

「好像是。可是一點也不像小孩。」

博史看到觸手的照片，臉皺了起來。

「有這麼多目擊者，就表示數量相當多吧？」

「沒有更精確的情報嗎？」

「沒用的。我查過道廳的官方數量統計，上面只寫著【不可移動100公尺以上】、還有【要提防變成人類的危險生物】。而且，越來越多網站已經連不上。大概是伺服器被攻陷了吧。本州那邊恐怕也是一片混亂。」

「是嗎……」

雅人懊惱地把手放在桌子上。坐在他對面的香鈴，從智慧型手機的畫面上抬起頭來。

「唉……沒辦法留言了。本來還想說把這裡的情況傳出去的。」

「手機應該也不通吧？」

「嗯，警察局和學校都打不通，本州那邊也是。」

「打家裡也不通嗎？我記得，香鈴的家是在帶廣那邊吧？」

「……可是我家一個人也沒有。」

香鈴從細緻的嘴唇，輕輕地嘆了口氣。

「在上次的國王遊戲中，他們都被殺死了。」

「咦？被……被殺死了？」

「嗯，有兩名歹徒闖進我家，我爸媽為了保護我，被歹徒殺死了……」

「為了保護妳……」

「歹徒要的不是錢，而是要強暴我。是我爸和我媽拼了命保護我，才沒讓歹徒得逞。其實我是可以忍耐的，可是他們……」

「啊……唔……」

「不要想這些了，雅人，我已經釋懷了……」

「是嗎……原來，妳也吃了不少苦呢。」

「哈哈哈，大家不要那麼沮喪嘛。我覺得，我爸媽一直在守護著我呢。」

「是啊。他們一定會在天上保佑妳的。」

聽到雅人和香鈴的對話，和彥故意嘆了口氣。

「喂喂喂！你已經有美咲了，不准對香鈴抱有非分之想喔。」

「笨、笨蛋！不是你想的那樣啦！我只是站在好朋友的立場關心她而已。」

這時，餐廳門打開了，源藏和京介走了進來。

看到他們兩個人，雅人的表情嚴肅了起來。

京介來到雅人他們聚集的桌子前面，像是在觀察一樣地打量雅人。

「……你看起來好像沒事。」

「是、是的，只是傷口有點痛而已。」
雅人舉起自己的右手說。
「CHILD的觸手好像有毒。」
「CHILD？」
「啊、在網路上大家都這麼叫那種怪物……」
「原來如此……那些人是因為中毒而死的……」
京介的視線移到餐廳的大門。
「好了，大家先把遺體搬去工具室吧，繼續放在這裡，大家看了會怕。」
「是啊……沒錯，而且這裡還有小孩子在。」
雅人看了餐廳角落一名國小女生一眼。小女生雙手摀著臉，不知道是在哭還是怎麼了。她的父母一直在旁邊安撫她。
「我記得……那一家子好像是姓松崎……」
「是的，我們本來想請松崎先生幫忙，可是他有太太和小孩，已經自顧不暇了。」
「是啊，我們還是靠自己吧。」
「照理說，未成年的你們應該是被保護的對象，可是……」
「沒關係，我們已經體驗過很多次危險了。」
「是啊……你們是『失落的世代』。」
京介的嘴角稍微往上揚起。

「某方面來說，也許靠不住的反而是我們呢。」
「京介……」
「總之，我們必須靠自己的力量活下去才行。至少今天一整天是這樣。」
京介轉而對源藏說。
「源藏先生，那些怪物還有可能從哪些地方潛進來呢？」
「啊，我、我想想看。」
一臉疲憊的源藏說。
「餐廳的窗戶、玄關、2個後門，還有宴會場那邊。另外，還有幾個小窗戶……啊、2樓的窗戶和逃生門。」
「那麼多啊。那我們還是兵分多路防堵比較保險。雅人，你們願意幫忙嗎？」
「是、是，當然願意。」
雅人這麼回答。和彥、武、博史彼此互看之後，也從椅子上站了起來。
在黑暗的民宿中，雅人他們開始進行封鎖作業。首先把木椅敲毀，然後把拆下來的木條用釘子釘在窗戶上。在打火機的微弱火光中，可以看到雅人的額頭不停地冒汗。
「好熱啊……可惡！」
拿著打火機的和彥也忍不住咋舌。
「剛才明明還很涼爽，現在卻像在洗三溫暖。真讓人懷疑，這裡是不是北海道。」

「因為室內變得密不透風的緣故吧。到了白天還會更熱呢。」

「原本是開開心心的旅行，怎麼會變成生存遊戲呢？」

「我也不知道啊！」

雅人一面用鐵錘釘木板，一面回答。

「總之，現在最重要的，是讓大家全部活下去。」

「嗯嗯……你說得沒錯。」

「好！這樣就行了！到下一個去吧！」

「……雅人。」

「咦？什麼事？」

「沒什麼啦，只是覺得你這個人挺可靠的，雖然平時呆頭呆腦的……」

「喂！我哪有呆頭呆腦！」

「哈哈。總之，大家都很信賴你呢，地方英雄。」

打火機的火光，照亮了和彥的笑容。

【9月19日（星期日）凌晨3點34分】

雅人一行人封好宴會場的窗戶後，突然聽到2樓傳出女生的尖叫。

「誰？是誰在叫？」

雅人緊張地看著四周。

「大家都在吧？美咲呢？」

「我、我沒事。」

黑暗中傳出美咲的聲音。

「女生全部都在。」

「那剛才是誰在叫？」

「松崎先生和松崎太太，還有他們的小孩都在2樓……」

「唔！可惡！」

雅人手拿錘子往樓梯的方向跑去。爬上黑暗的樓梯後，直奔發出尖叫聲的房間。一進門就看到嘴裡吐出觸手的陽子，腳邊躺著幾具像是被丟棄的洋娃娃般的人體。因為房間的光線太暗，地板上的血看起來像是一灘黑水。

「松……松崎……先生……」

雅人聲音沙啞地喃喃自語著。此刻陽子正一步步進逼。

「傻瓜！你在發什麼呆！雅人！」

站在雅人身後的和彥，趕忙奪下他手上的鐵鎚，往逼近眼前的陽子臉部用力一揮。陽子發出喀啦的聲音，蒼白的臉頰瞬間出現了凹陷。

「咳……咳噗……」

陽子像是在威嚇般地一面蠕動觸手，一面往後退。她壓低姿勢，隨時準備發動攻擊。不過，當她看到京介他們也衝進房間時，立刻轉身從窗戶逃了出去。

「站、站住！」

回過神的雅人想追上去，偏偏不小心整個人滑倒在地。正要撐起身體時，感覺手上一陣濕黏。仔細一看，手心沾滿了血。

「哇、哇啊！」

雅人大叫一聲，從地上跳了起來。逃進白樺森林裡的陽子，背影也逐漸消失無蹤。

雅人走到窗邊時，早已看不到陽子的身影。只有被月光照亮的樹林，在夜風中不停地搖晃著。

「唔……」

雅人正在懊惱時，聽到背後傳來了尖叫聲。回頭看去，美咲正摀著嘴，站在門口那裡。她的眼睛睜得極大，一直看著滿身鮮血的小孩屍體。

雅人咬著嘴唇，雙手握拳。房間裡充滿血腥的味道，地板上還有人的皮膚碎片，大概是剛才的觸手吐出來的吧。

脖子折斷的男性屍體，眼眶裡還殘留著淚水，像是在為死去的家人哀悼一般。

雅人他們把3具屍體用床單包裹好，移到工具室之後，重新回到餐廳。每個人都像是累癱了似的，一屁股地在地上坐了下來。

雅人放在膝蓋上的手，還在微微地顫抖著。腦海裡還不斷浮現鮮血淋漓、用床單包裹起來的屍體。

「已經死6個人了……」

雅人喃喃自語著。坐在他旁邊的香鈴，緊抓著他的T恤。

「不只6個人吧，應該還有更多。」

香鈴的眼睛布滿了血絲。

「雅人，我們接下來該怎麼辦呢？」

「這……我也不知道啊。」

雅人緊握的雙手，這下握得更緊了。

「到了明天，警察和自衛隊就能出動了，到時候應該可以擊退怪物才對。」

「真的……會這麼順利嗎？剛才我上網看過了，CHILD好像是以自衛隊的基地和警察署為優先攻擊的目標呢。」

「優先攻擊的目標？拜託，那些怪物還會思考嗎？」

「嗯，旭川駐屯地遭到攻擊的事件，或許可以說是偶然。可是如果其他地方也是同樣的情況，那就表示CHILD有思考能力了。」

香鈴看了一眼手上的智慧型手機畫面。

「自衛隊和警察雖然擁有武器，可是現在不能移動超過100公尺，所以我們只能閉關自保。不過，如果同時遭到好幾百隻CHILD攻擊，恐怕就真的完了。」

「好幾百隻……？」

「應該更多，因為整個北海道都陷入了混亂之中。」

「那麼，這附近說不定還有很多……」

雅人皺起眉頭，看向用木條封死的窗戶，木條和木條之間透進幾道淡淡的光線。一想到窗戶外面可能躲著好幾隻CHILD，雅人就感覺喉嚨又乾又渴。

「……那些傢伙為什麼會挑這個時期攻擊人類呢？」

「咦？這個時期？」

「……CHILD選在國王遊戲開始的這個時候發動攻擊，一定有原因。」

「是啊……國王遊戲還在進行呢……」

香鈴的眼眸像湖水般搖曳生波。

「我們是不是會死？」

「沒這回事！只要不移動超過100公尺就沒問題了。而且，那些怪物也無法進入民宿裡面。2樓的窗戶也都用木條釘死了。」

「可是，還有國王遊戲啊。就算這次的命令可以安全過關，可是明天說不定還會有更危險的命令……」

「更危險的命令？……難道，還會有新的命令下來嗎？」

「之前的國王遊戲不都是這樣嗎？國王下了好幾道命令，死了好多人。大家彼此爭奪、憎恨、殺害。與其變成那樣，倒不如死了還比較好……」

「不，香鈴。」

雅人抓著香鈴的肩膀。

「我們現在能夠站在這個地方，是很多人犧牲性命換來的。我們不能辜負他們寶貴的性命！不管情況再怎麼惡劣，一定都要活下去！」

「是這樣嗎……？」

「當然。現在放棄的話，就什麼都完了。我絕對不會放棄的！就當作是為了犧牲自己，製造疫苗的工藤智久吧。」

「雅人……」

香鈴表情不自然地笑笑。

「你說得對。情況……沒那麼糟對吧？」

「是啊。這點小小的困難，根本不算什麼。」

雅人砰的一聲拍了一下自己的左胸，露出雪白的牙齒說。

【9月19日（星期日）上午8點12分】

突然間，放在地板上的收音機傳出播報聲。

『……緊急播報。網路上盛傳的怪物CHILD，到目前為止還在持續進行攻擊，大部分都集中攻擊北海道地區的自衛隊基地、警察署和公共設施，不過也有許多民間人士受害。CHILD外表看起來跟人類非常相似，不過許多目擊者指出，他們的嘴巴會吐出像觸手一樣的物體攻擊人類。觸手有毒，非常危險。請大家務必提高警覺，就算是自己認識的親戚朋友也不能掉以輕心。CHILD極有可能早就擬態成人類，混進我們的社會之中，智商也和人類差不多。一旦有關於CHILD和國王遊戲的最新情報，我們會立即通知大家。』

雅人用右手擦拭額頭上的汗水。

「早就混進我們的社會中……？那種怪物平常就在我們的身邊嗎？」

「剛才襲擊我們的那對夫妻，也是怪物擬態變成的？」

旁邊的美咲皺起眉頭說。

「原來……他們也是……源藏先生。」

雅人轉頭看著源藏。

「他們是不是從很久以前就住在這附近呢？」

「啊、是的。我記得，幹雄和陽子這對夫妻，是2年前搬到這裡的。他們來拜訪時還說，因為是新婚，所以想住在可以接近大自然的地方。當時他們看起來就像是普通的夫妻一樣……

不過最近，我們比較少來往了。」
　源藏舉起被太陽曬黑的手，摸著白色的鬍子說。
「為什麼會發生這種事呢……？他們本來不是那種怪物啊。」
「一定是身體被入侵了。問題是，什麼時候被入侵的？還有，CHILD 到底是什麼……」
美咲用食指點了一下思考中的雅人的手臂。
「現在的情報還太少。我們還是先想想未來該怎麼辦吧。」
「嗯嗯……妳說得對。」
雅人默不作聲地走到窗戶旁邊，從木條和木條的縫隙中，看著陽光照耀下的白樺森林。除了在風中搖擺的樹葉之外，並沒有看到會移動的可疑物體。
「怪物好像不在了。」
「真、真的嗎？」
和彥來到雅人旁邊，確認外面的情況。
「……真的耶，好像都沒有看到。是不是跑去其他地方啦？」
聽到和彥的話，餐廳裡的氣氛稍微緩和了下來。
「可是國王的命令還沒結束，我們也逃不出去。」
博史若有所思地嘀咕著。
「今天晚上12點之前，我們都只能待在這裡。如果怪物還躲在附近的話，夜間行動是很危險的。」

「也就是說，在明天早上之前，我們必須想辦法自保嗎？」

雅人的手放在窗戶的木條上，看著餐廳裡的情況。綾乃和里奈兩個人依偎在一起不停地發抖。香鈴和源藏的妻子富江坐在收音機前，她們背後的京介和那批大學生則是個個嘴唇緊閉，手臂交叉地站著。

「總之，先把倉庫裡的手電筒和蠟燭拿來吧。還有，要多收集一些木條，加強窗戶的防護。另外就是武器……」

「你到底說夠了沒有！」

勇雄突然大聲咆哮，然後走近雅人。

「你憑什麼指揮我們！你還只是個高中生耶！」

「啊、不，我並沒有要指揮大家的意思。」

雅人嚇了一跳，連忙搖頭否認。

「我只是想，該怎麼做比較好而已。如果你有更好的主意，我也會聽你的。」

「我不是在說這個！你這小子瞧不起我們是吧？」

「嗄？我剛才說了，我沒有那個意思。」

「還說沒有！你的眼神明明就是瞧不起人！」

勇雄舉起長繭的大拳頭，用力打在窗戶的木條上。木條發出啪嘰的聲音，隨即出現裂痕。

「你就是之前發生國王遊戲時，一夕爆紅的那個高中生吧？昨天我沒注意到。難怪你的態度那麼囂張。」

「囂張？我哪有。」

「還敢頂嘴！混蛋！」

勇雄抓住雅人T恤的同時，京介也出聲喝止。

「勇雄！」

京介站在雅人和勇雄之間。

「冷靜一點！雅人的看法是對的，我本來就打算提出跟他一樣的意見。」

「……呿。」

「喂，勇雄，你那是什麼態度？」

「……對不起！」

勇雄斜著嘴，放開了雅人。然後跟著另一名大學生青沼敦一起走出餐廳。

「對不起，雅人。勇雄就是那樣，比較不成熟。」

「不，或許我真的太自以為是了吧。」

「不，錯的人是勇雄。雖然怪事接二連三地發生，但是這時候更應該發揮空手道的精神才對……」

京介長長地嘆了一口氣。

「總之你的建議沒錯，是應該把手電筒和蠟燭拿來。問題是，誰要去外面？」

「我去，因為是我提出來的。」

「好，那我跟你去。總不能把所有的事都推給高中生吧。」

「這樣好嗎？要是那些怪物埋伏在什麼地方，會很危險耶。」

「所以啦，你更需要強而有力的護衛不是嗎？」

京介的嘴角上揚，肌肉厚實的右手用力握著拳。

打開了用木板封死的房門，雅人和京介一起走到戶外。山裡新鮮的空氣輕撫著雅人的皮膚。躲在門後的美咲，擔心地看著雅人。

「雅人，千萬不要逞強喔。」

「嗯，應該沒問題啦。」

雅人握著菜刀的那隻手，不再那麼用力了。外面的地上沾滿了血跡。一想到那是民宿員工誠司死去的地點，雅人的喉嚨不由得咕嚕地嚥下了口水。

紅黑色的地面，還殘留著拖拉的痕跡，而且一直延伸到白樺森林的深處。

此時，背後傳來京介的聲音。

「動作快點，雅人，不要浪費時間。」

「是、是！」

雅人一面警戒，一面往幾十公尺外的倉庫前進。

【9月19日（星期日）下午1點29分】

雅人他們把從倉庫拿來的東西，排在餐廳的角落。看到箱子裡還有蠟燭和三支手電筒，美咲的眼神總算亮了起來。

「這樣一來，就算停電也不用怕了。」

「是啊，而且我們還拿了武器來呢。」

雅人從麻袋裡拿出斧頭、鐮刀，還有刀子。

「有了這些，就有機會擊退那些怪物了。」

「……千萬不要逞強。我們沒必要跟那些怪物硬碰硬。」

「我知道。不過，總得防範他們闖進來啊……」

雅人用力握住那把發出幽光的斧頭說。

雅人他們正在挑選補強窗戶用的木條時，餐廳的門突然被打開。源藏和富江端著餐食走了進來。

「餐食準備好了。因為沒有電可用，所以只能煮些簡單的菜。」

源藏一邊解釋，一邊把大盤子放在地上。盤子裡盛滿了烤肉、香腸和蔬菜。

「沒有準備米飯，實在很抱歉。」

「不，這樣就足夠了，謝謝你們。」

雅人向源藏和富江低頭致謝。

「好了，大家開始用餐吧！俗話說，餓著肚子的士兵是無法打仗的。」

聽到雅人這麼說，和彥他們點頭贊同，表情也緩和了不少。

用完餐後，雅人他們分頭進行窗戶的補強作業，京介也參與幫忙。不過勇雄和敦並沒有參加，一直躲在2樓的房間裡面。

【9月19日（星期日）晚間7點41分】

在餐廳裡的雅人，聽到有東西敲打窗戶的聲音。

「來了嗎？」

他拿起手邊的斧頭，移到窗戶旁邊。外面傳來木板劈里啪啦的碎裂聲。

「和彥！快來幫忙！里奈，妳快去通知大家！」

和彥無聲地點點頭，然後拿起鐮刀跑到窗邊。里奈則是一臉蒼白地跑出餐廳。

「和彥，下手的時候絕對不能猶豫，知道嗎！」

「嗯嗯，知道了。」

和彥舉起鐮刀回答。

「我們要替松崎先生報仇！讓他們瞧瞧人類的厲害！」

這時，餐廳門的外面傳來里奈的尖叫聲。

「唔！那邊也有嗎？和彥，這邊就交給你了。」

雅人拿著斧頭跑出去。他打開餐廳的門，在陰暗的走廊中前進。視線的前方，是手上拿著一把大菜刀的幹雄，腳邊躺著頭被砍斷的里奈。

「可……可惡！」

雅人上半身前傾，揮起手中的斧頭，朝著衝過來的幹雄用力砍去，可惜被幹雄的左手擋住。幹雄的食指和中指之間被劈開，鮮血直流。

幹雄彷彿沒有痛覺似的，面不改色地繼續揮舞著菜刀。

雅人抓住幹雄的手腕，使盡力氣阻擋。突然，幹雄嘴裡吐出觸手。觸手不停地滴下半透明的液體，張開的前端露出無數顆銳利的鋸齒，發出喀嘰喀嘰的怪聲。

「唔……唔！」

——這傢伙的觸手不是被源藏切斷了嗎？怎麼又長出來了。這是什麼怪物！

這時候，在雅人背後的武，用頭去衝撞幹雄的肚子。武和幹雄兩個人在走廊翻滾了起來。

「你這怪物！」

武跨坐在幹雄身上，拿起小刀往幹雄的眼睛刺入。

大量的鮮血從幹雄的眼睛噴出。

「太好啦！只要有武器，你們也沒有那麼可怕嘛……」

正當武在笑的時候，幹雄的觸手冷不防地往他嘴裡刺入。

「啊……唔……」

觸手貫穿了武的臉頰。肉色的皮膚噁心地蠕動著，接著又往脖子刺入。

「咳噗……」

武吐出大量鮮血，身體往後傾倒。

「武！……可、可惡！」

雅人朝著正要爬起來的幹雄衝過去，使出渾身的力氣揮下斧頭，砍斷了幹雄的左手。不過幹雄的動作並沒有因此停止，他扭轉身體，右手拿著菜刀橫掃而過。

雅人的T恤被劃破，胸前出現一道紅色血痕，不過他沒有退卻，反而揮動斧頭反擊，不偏不倚地劈中幹雄的頭。

「啊……唔……」

幹雄的頭部受到重創，當場倒下。兩隻腳彷彿和上半身脫節了一樣，啪噠啪噠地振動。

雅人看了幹雄痙攣的身體一眼，隨即跑到武的身邊。武的臉頰和脖子都流出了鮮血，瞳孔也變得黯淡無光。

「武……嗚……」

雅人的視線因為淚水，變得一片模糊。

——武救了我，我卻救不了他。我應該動作快一點的……

里奈也倒在走廊的盡頭，大量的鮮血讓地板變得又濕又黏，雅人的臉也開始扭曲了起來。

美咲不知何時來到雅人的身邊。她看著倒在地上的里奈，嚇得嘴唇直發抖。

「為……為什麼？為什麼里奈會……」

「怪物跑進民宿裡了。」

雅人指著還在痙攣中的幹雄說。

「他還殺死了武。」

「武也……」

「可惡！到底是從什麼地方溜進來的？」

下一瞬間，雅人的表情楞住了。

「美咲！香鈴和綾乃呢？博史呢？」

「啊……綾乃在女生的房間裡。香鈴應該在餐廳吧。」

「不，餐廳裡只有我跟和彥，京介他們應該都在2樓……」

樓梯那邊傳來腳步聲，京介、博史和香鈴都趕來了。當京介看到躺在地上的里奈和武時，手上的鐵鍾微微地晃動了一下。

「1樓也被入侵了嗎……」

「1樓也……？難道……2樓也是？」

「是的。2樓逃生梯的門是打開的。大概是從那裡潛入的吧。可是我記得明明上了鎖啊。」

「門沒鎖？怎麼會呢？」

「我也不清楚。不過，源藏先生和他老婆富江也因此犧牲了。」

京介的聲音聽起來沒有什麼起伏。

「雖然兩人的傷口很淺，可是卻死得很痛苦。我已經把入侵的男子殺了。」

「男子？難道，除了那對夫婦之外，還有其他的 CHILD？」

「是的，我在2樓的走廊被一名穿著員工制服的男子攻擊。在遭到觸手攻擊之前，我一直以為對方是人呢。總之，我毫不猶豫就把對方殺了。」

京介看了一眼手裡拿的鐵鍾說。

「要是我早點發現，或許源藏夫婦就不會死了。」

「可、可惡！」

「博史的手也被觸手螫到了。」
「博史被螫到？博史，你要不要緊？」
雅人向站在後面的博史跑去。博史把剛才被CHILD螫到的傷口秀給雅人看。
「嗯嗯，傷口還在流血，不過好像沒什麼大礙。」
「是嗎……」
雅人才鬆了一口氣，臉色又馬上轉為凝重。
「可是這次還是有人死了，是武和里奈……」
他難過地垂下肩膀，雙手緊握。
「武……里奈……」
看著倒在地上的2人屍體，眼淚忍不住從臉頰滑落。

雅人一行人用床單把武和里奈的屍體包裹好之後，移到工具室。被棄置的幹雄屍體，變得像融化的蠟燭一樣血肉模糊。
藍色的血管像網子般散布在異常白皙的皮膚上，被斧頭砍斷的頭不停地流出黏稠的液體，五官也完全看不出是幹雄，倒像是蠟像假人一般。
「這就是CHILD的真面目嗎……」
和彥楞楞地喃喃自語著。大家的視線都集中在幹雄的屍體上。
「這東西，該不會還活著吧？」

「我想，應該是不用擔心了。」

雅人看著幹雄破裂的頭顱，這麼回答。

「不過還是要注意觸手。有很多人因為被觸手螫傷而死。」

「說得也是。可是，一直放在這裡也不妥。」

「是啊。我們盡量不要碰到屍體，想辦法把他移到走廊那邊去吧。」

幹雄面目全非的屍體，讓雅人一行人感到一股前所未有的恐怖。

第2章

命令2

9/19 [SUN] PM11:50

【9月19日（星期日）晚間11點50分】

「剩下10分鐘了……」

盤腿坐在餐廳地板上的和彥抬起頭看著時鐘，喃喃地說。

「現在最令人擔心的，是下一道命令會不會來……」

「應該會吧，我想。」

雅人很乾脆地回答。

「之前的國王遊戲也不是一次就結束。即使是人為傳送的命令。」

「人為？你的意思是，這是人幹的？可是，現在有怪物到處肆虐耶。」

「我懷疑，可能就是這個原因才發出命令的。因為這次的命令，等於是讓那些怪物……CHILD有機會攻擊人類。」

「有道理。要是自衛隊和警察可以出動，因為有槍，就可以和CHILD對抗了。」

和彥瞥了一眼用木板釘死的窗戶說：

「過了12點之後，自衛隊和警察就可以出動，人類也可以反擊了吧。」

「希望是這樣。」

「咦？你的說法有點奇怪。難道，你認為會有變數？」

「如果是有人故意發出命令的話……」

「故意？你是說，有人利用可以操縱病毒的那個程式？我記得好像叫什麼奈、奈米女王的吧？」

「是有這個可能。」

雅人看著碟子上搖晃的燭光回答。坐在他對面的還有美咲、香鈴、綾乃、博史。每個人都表情凝重，嘴唇抿成一條線。

雅人對博史說：

「博史，我想問你一件事。」

「啊……你、你想問什麼？」

「源藏夫婦被殺的時候，你人在2樓對吧？」

「嗯、嗯，是啊。」

博史的視線移向天花板。

「可惜，我沒能幫上忙。打倒 CHILD 的，是京介他們。」

「不，我想問的是逃生門的事。」

「逃生門？」

「嗯，我一直想不通，為什麼逃生門沒有上鎖？」

「可能是源藏夫婦打開的吧。」

「為什麼？打開逃生門的話，CHILD 很可能會從那裡入侵，為什麼他們要那麼做呢？」

「這……這我就不知道了。」

博史納悶地看著雅人。

「為什麼你那麼在意這件事？」

「嗯，我懷疑，說不定有人希望我們被 CHILD 殺死，所以故意把逃生門打開。」

坐在一旁的和彥驚訝地張開嘴。

「你、你在說什麼？難道源藏夫婦冒著自己可能被殺的危險，故意打開那扇門嗎？」

「門不一定是他們打開的。」

「嗄？你是說另有其人？」

「也不能說沒有這個可能。」

雅人用食指咚咚咚地敲著地板。

「雖然不知道那個人是基於什麼理由打開逃生門，可是，萬一是出於惡意的話……不、出於殺意的話，大家都會有危險。而且，如果那個人現在還活著……」

「等、等一下！還活著？可是，這間民宿裡面現在就只剩下我們，還有空手道社的大學生啊。」

「嗯嗯……總之，不能排除任何的可能性。就像幹雄和陽子一樣，說不定 CHILD 已經擬態成人類了。」

「這怎麼可能……」

「就算對方是人，也可能是一個殺了人也不在乎的傢伙。」

雅人回想起上次的國王遊戲。

「我也不想疑神疑鬼的。我覺得京介還好，可是那個勇雄就不太對勁。另外那個叫……

呃……叫敦的人也要小心。雖然他不像勇雄那樣充滿明顯的敵意。」

聽到雅人的話，綾乃全身不由自主地顫抖。

「那2個人……好可怕。他們看我的眼神好奇怪……」

「奇怪……？啊、那是因為妳長得漂亮，胸部又大的緣故啦。」

咚！

美咲敲了一下雅人的頭，一臉怒氣地瞪著他。

「那是性騷擾。」

「對、對不起。總之，大家一定要小心提防。當然，也可能是我多心了。」

這時候，雅人的智慧型手機傳出簡訊的鈴聲。和彥等人的手機也同時發出簡訊鈴聲。

「唔……是國王命令嗎？」

雅人趕緊打開手機畫面。

【9／20星期日00：00　寄件者：國王　主旨：國王遊戲　本文：這是所有居住在北海道的人所進行的國王遊戲。國王的命令絕對要在24小時內達成。※不允許中途棄權。※命令2：5分鐘之內要升火，不可以讓火熄滅。　END】

「火……火！大家快升火！」

雅人大喊。博史慌張地四處張望。

「升火？拿什麼升火啊？」

「有蠟燭啊！動作快！」

雅人把放在餐廳角落的箱子裡的蠟燭全部拿出來發給每個人，然後用打火機點燃。
這時，餐廳門被打開，京介他們跑了進來。雅人趕緊把蠟燭和打火機交給京介。
「京介，快點！命令說『在5分鐘之內』。」
「好，我知道了。」
京介點燃手中的蠟燭後，把打火機遞給勇雄。勇雄的態度還是一樣惡劣，不過仍舊乖乖地把蠟燭點燃。
「敦，快點！」
「好……」
從勇雄手中接過打火機的敦，也點燃了蠟燭。
原本陰暗的餐廳，一下子被蠟燭的火光染成了橙黃色。
雅人他們緊張兮兮地互看彼此。
「可惡！這麼一來，我們又不能離開民宿了！」
和彥大喊，手中蠟燭的火焰晃了一下。
「和彥！小心點！」
雅人指著搖晃的火焰說。
「火熄滅的話是要受罰的！說話時，嘴巴離蠟燭遠一點。」
「啊……唔……」
和彥半張著嘴，小心翼翼地把蠟燭拿離嘴邊。

「可惡……這樣不是比前一道命令還要危險嗎！」

「嗯嗯，幸好民宿裡面應該不會有風吹進來……」

看著搖曳的燭光，雅人不由得咬起嘴唇。

——比起前一道命令，這次的確比較危險。幸好身邊就有蠟燭，所以馬上就能升火。可是火焰必須持續燃燒24小時，所以得時時刻刻確認才行。萬一熄滅的話，那麼……

拿著蠟燭的右手，微微地顫抖著。

——這樣下去實在太危險了。一定要小心，不能讓火熄滅。

「一直拿著蠟燭待在這個地方，不知道會發生什麼事。還是找個房間，把蠟燭集中起來比較好。」

對於雅人的提議，京介點頭表示贊成。

「這樣比較保險。在這裡，大家走來走去的會有風，就連說話也是。」

看著搖晃的火焰，每個人都趕緊閉上嘴巴。

雅人一行人把碟子擺在2樓一間客房的桌上，然後將燃燒中的蠟燭放上去。確認火沒有熄滅後，大家又靜靜地退出房間，小心地關上房門。走出房間後，京介深深地嘆了一口氣。

「這樣應該可以放心了。」

「是啊，只要注意蠟燭燒盡的時間就行了。」

雅人伸出右手，開始屈指計算。

「一支蠟燭應該可以燃燒6小時，所以一個人要分4支吧。」
「蠟燭的數量夠分給大家嗎？」
「呃……好像只剩下20支而已。」
「我們有9個人，這樣不夠吧。算了，到時拿木柴來燒就行了。」
京介用右手拄著下巴，來回看著雅人他們。
「到頭來，我們又要被軟禁在這裡24個小時了……」
「嗯嗯……是啊。又不可能拿著蠟燭在外面走來走去，而且還有CHILD呢。」
「是啊，CHILD的確是個大麻煩。萬一他們又像剛才那樣偷溜進來就糟了。尤其是這個房間。」
京介看著緊閉的房門說。
「還是有人看管比較好。雖然這裡不是完全密閉，可是還是得保持空氣流通。」
「我們也來看管吧。」
「拜託了。現在這個時候，大家一定要互相幫忙才能活下去。希望在這段期間，政府能夠採取行動。」
這時，走廊末端的香鈴用沙啞的聲音呼喚雅人。
「雅……雅人，你看山下的市區……」
「市區？市區怎麼了？」
雅人走近窗戶，從木條的空隙往外窺探。白樺樹之間隱約可見的市區夜景，正發出橘色的火焰和白色的濃煙。
「火災……怎、怎麼會……」
大夥聽到雅人的話，全跑到窗戶旁邊。香鈴在大家的耳邊繼續說：
「可能是因為大家都急著想升火，結果把房子燒了吧……」
「啊……」
「因為不是每個人都像我們這樣，身邊剛好有蠟燭可以用，所以看到什麼就燒，即使是房子也一樣。」
「太、太傻了！燒房子的話，還沒受到懲罰，就會先燒死自己啊。」
「人一旦被逼急了，是不會想那麼多的。這個世界上沒有完美的人。」
香鈴細瘦的手摸著釘在窗戶上的木條。
「說不定，火勢會向外擴散。」
「擴散？」
「因為火不能熄滅，要是熄滅的話，點火的人就會死去。」
「啊……對喔……」
「所以，點火的人只好一直燒下去。消防隊面對這種情況也一樣束手無策吧。」
「這麼說來，市區不是會變成火海嗎？」
「全北海道的市區都一樣。因為國王遊戲是在北海道進行的。」
聽到香鈴這麼說，所有人的表情都楞住了。

【9月20日（星期一）凌晨2點12分】

在餐廳裡，雅人打開收音機，立刻傳出粗厚的男人嗓音。

『……我是北海道知事藤澤藏夫。現在正在收聽廣播的聽眾們，請大家冷靜地聽我說。』

「啊、是藤澤知事！他還活著。」

雅人的眼睛閃著光輝，把耳朵湊近收音機聽。和彥、美咲和香鈴也聚集了過來。

『目前，住在北海道的民眾面臨了前所未有的危機。有一種叫做CHILD的生物，具有強烈的攻擊性，非常危險。此外，他們會擬態成人類，觸手和液體都有致死的毒性。根據推測，目前北海道境內大約有數千隻。』

「數千隻……不會吧？」

雅人對著收音機大喊。

『CHILD的攻擊目標，大部分集中在自衛隊基地和警察署，幸好，並沒有全部遭到毀滅。我們已經重新編組，準備對CHILD展開反擊，希望大家能夠協助部隊。至於這次的國王命令，也請民眾務必團結一致。只要冷靜應對，確實做好火苗的管理，不要釀成火災，我想應該不會有問題。』

知事平淡的聲音在餐廳裡面迴響著。

『國王遊戲和CHILD的攻擊具有連動性。政府已經查出，這一切都是「再生」這個宗教組織在幕後主導。』

雅人睜大眼睛，腦海裡浮現出幾天前，在車站前跟他攀談的中年婦女。她的眼神散發著瘋狂的氣息，而且好像正躲在某個地方偷窺他一樣。雅人不由得打了一個冷顫。

『再生手上握有變種的凱爾德病毒，並唆使信徒在北海道四處散播。我們懷疑他們是透過宗教活動，藉機讓 CHILD 入侵人類的身體。現在，他們很可能已經改良了控制凱爾德病毒的奈米女王程式，然後藉由病毒發出命令。日本政府認定，再生是一個恐怖組織。目前，北海道警方正在追查3名再生幹部的行蹤。』

美咲握著變冷的雅人的手。美咲的表情因為恐懼而扭曲，上下牙齒不停發出喀噠喀噠的顫抖聲。

「美咲，妳沒事吧？」

「嗯嗯……還好。」

美咲握住雅人的那隻手，不由得更加用力。

『……大家絕不可以放棄。政府已經封鎖了青函隧道，對北海道進行隔離，可是，這絕對不表示政府放棄了我們。大家一定要同心協力，度過這次的危機！』

播送完畢後，雅人嘆了口氣，把累積的壓力宣洩出來。

「政府終於要採取行動了。」

「總算啊。」

和彥把手心放在盤起來的雙腿上。

「這次的命令，只要確實管理火苗，不久之後自衛隊和警察應該就能出動了。」

「問題是，現在還剩多少自衛隊和警力可以動用呢？過去24小時內，他們在這麼不利的情況下，不斷遭到CHILD的攻擊呢。」

「剛才收音機不是說，已經重新編組了嗎？」

「是啊。那也表示，大部分的北海道部隊很可能被消滅了。」

聽到雅人這麼說，香鈴的雙眉皺成八字型，然後張開薄薄的嘴唇說：

「在這種情況下，我們贏得了CHILD嗎？不是說有數千隻嗎？而且從外表很難分辨誰是CHILD吧？」

「嗯嗯……說得也是。如果有觸手的話，還可以分辨，要是擬態成人的樣子，就不容易看出來了。」

這時候，走廊傳來綾乃的叫聲。

「啊、是綾乃！」

雅人迅速站起，打開餐廳的門，懷著不祥的預感在走廊上快速奔跑，不斷地呼喚綾乃的名字，冷汗濕透了他的背脊。

和彥與京介也跟在後面。

——難道又有CHILD入侵了嗎？2樓的逃生門已經上鎖了啊。

奔上樓梯後，馬上就看到了綾乃。她的T恤被撕爛，蕾絲鑲邊的白色胸罩外露。跪在地上的綾乃，用雙手遮住豐滿的胸部。勇雄和敦就站在她身後。

看到他們兩人的眼睛發出不懷好意的光芒，雅人立刻恍然大悟。他握起拳頭，朝勇雄的方向走去。

「勇雄！你們在做什麼！」

「怎麼又是你？真是討厭的傢伙。」

勇雄邪惡地瞪著雅人說。

「我們只是在玩大人的遊戲而已。」

「開什麼玩笑！你們這樣是犯罪！」

「那又怎麼樣？」

勇雄露出奸笑說。

「反正現在警察也不會來這深山裡，而且外面又有怪物出沒。」

「這不是問題！」

下一瞬間，勇雄的拳頭往雅人的下巴揮去。雅人受到強烈的衝擊，膝蓋一軟，不支倒地。

「唔……」

眼前的視野開始歪斜，雅人趕緊用手扶著地板。

「勇雄！」

因為盛怒而全身顫抖的京介，站到勇雄面前。

「你到底在幹什麼！」

「……這件事跟主將無關。」

勇雄的眼睛瞇得跟針一樣細，明顯不把京介看在眼裡。

「我是在指導不知天高地厚的高中生。」

「指導？用拳頭？」

「不用拳頭，要用什麼？」

「你這傢伙……你想毀了北大空手道社的顏面嗎！」

「顏面？都這種時候了，顏面已經沒有意義啦。」

勇雄往前踏出一步。

「反正，大部分的成員都死了，北大空手道社也完了。」

「勇雄……」

「現在已經沒有什麼前輩、晚輩的分別了！」

勇雄舉起拳頭，對著京介示威。

「你這混蛋……」

京介慢慢壓低身體，擺出空手道的姿勢。

「你以為你打得贏我嗎？勇雄。」

「這次和比賽不一樣喔。」

勇雄朝京介襲去，就在拳頭要碰到京介臉部的瞬間，被京介的左手擋掉。

「呀啊啊啊！」

他發出一聲吆喝，拳頭同時打在勇雄的胸口上。

「哇啊……」

勇雄表情扭曲地發出痛苦的呻吟。

「唔……可惡……」

「你的身體會浮動，就表示平日的練習不夠。」

京介看著單膝跪地的勇雄，嘆了一口氣。

「看來，我得好好整頓一下你那糜爛的態度！」

就在京介抓住勇雄肩膀的同時，站在他背後的敦舉起右手，朝他的側腹直擊而去，京介的身體應聲倒下。

「啊……唔……」

京介的嘴一開一合地抽動著，手按住自己的側腹。灰色T恤被鮮血染紅，血水流到走廊的地板後慢慢向外擴散。

「京介！」

雅人拖著踉蹌的腳步來到京介身邊。京介的額頭不斷冒出汗珠，眉頭緊皺。

「看你做的好事！」

雅人瞪著面無表情的敦。不料，敦又舉起右手，而且手上還握著一支碎冰錐。

「這玩意兒的攻擊力可比拳頭要大多啦。」

「喂……好歹京介也是你們空手道社的前輩，你居然……」

「勇雄剛剛說過，現在已經沒有什麼前輩、晚輩的分別了！」

敦拿著碎冰錐看著雅人。

「喂，乳臭未乾的傢伙滾回餐廳去吧！接下來，我們自己人有話要談。」
「有話要談？京介都已經受傷了啊！」
「那又怎麼樣？反正，你們又不會療傷。照我的話做，快滾回去吧！」
「開什麼玩笑！就算要回去，我也要帶京介一起走！」
在叫嚣之際，雅人的背部突然受到強烈衝擊，身體撞上了走廊的牆壁。
「唔……」
模糊的視線中央，看到了單腳高舉的勇雄。
「你是不是沒搞清楚狀況？」
勇雄的聲音在陰暗的走廊迴響著。
「這裡沒有你討價還價的餘地，沒出息的傢伙！」
「你、你說什麼？」
「還沒搞懂嗎？現在不是弱者可以生存的世界，懦弱的人必須乖乖聽話，服從強者。而我們就是強者！」
「哼……」
「放心吧。我們會幫京介包紮傷口。再說，這點小傷應該死不了人。」
「應該？你說應該？」
「別再囉唆啦！想要幫助京介的話，就快去拿急救箱來！別在這裡說個不停！」
看著倒在地上的京介發出痛苦的呻吟，勇雄臉上露出殘虐的笑意。

雅人被勇雄和敦從2樓趕了下來。雖然之後雅人找到急救箱，可是再度趕回2樓時，卻被敦擋在走廊上。

敦一面把玩碎冰錐，一面用冰冷的視線瞪著雅人。

「急救箱放在那裡就行了。剩下的我來處理。」

「你們真的會幫京介療傷嗎？」

「……當然。我跟你保證。」

「真的嗎？」

「對啦。你快點回餐廳去啦。」

「……我還是去看看京介吧。」

雅人打算從他旁邊穿過，不過被搶先一步擋在面前。

「你是醫生嗎？不是吧？既然不是，就別妨礙我們。」

「為什麼？我在那裡又不會妨礙你們什麼。」

「我說不准去就不准去！不要反抗我！警告你，我可是不需要碎冰錐就能殺了你喔！」

敦把碎冰錐插入牆裡，然後用長繭的拳頭頂了頂雅人的胸前。雅人感到一股悶痛，面部因而扭曲。

「我在3分鐘之內，就可以輕易地把你殺死。不只是你，包括你那些朋友也是。」

「唔……你、你該不會是CHILD吧？」

「拜託，你有看到我嘴裡吐出觸手嗎？」

敦把嘴巴張得很大。
「如果我是CHILD，你們早就死光啦。」
敦的眼睛瞇成一條線，瞳孔透出一絲光線，張大的嘴看起來像是裂開一樣，雅人的喉嚨則像是波浪一樣上下起伏。

【9月20日（星期一）凌晨3點1分】

雅人重新回到餐廳，和彥與博史憂心忡忡地朝他走來。和彥的眼睛看著樓梯的方向。

「雅人，京介不要緊吧？」

「不，我也沒見到他。不過他們說會幫京介療傷。」

「療傷？明明就是他們打傷人的還說。」

和彥嘖了一聲。

「我看那兩個人八成腦筋不正常。不但偷襲綾乃，還刺傷京介，實在是膽大妄為！」

「沒錯，我也覺得勇雄是個威脅，那個叫敦的人也很危險。」

「他們兩個該不會是CHILD吧？」

「我想應該不是。不過，還是很危險。」

一想起敦那對瘋狂的眼神，雅人的嘴唇不由得緊閉起來。

敦的個頭高比勇雄稍矮，不過體格健壯，手臂幾乎是雅人的兩倍粗。光是比臂力，雅人他們完全不是他的對手。

而且，之前敦用碎冰錐刺傷京介的時候，眼睛眨都沒眨一下。

對於採取這種行動的敦，雅人感到非常恐懼。

「總之，要小心提防那兩個人才行。尤其是女孩子，一定要更加警戒。」

雅人看向餐廳的角落。美咲、香鈴和綾乃都在。美咲大概是注意到雅人的視線，於是朝他走了過去。

「雅人，我有話要跟你說。」

「咦？怎麼了嗎？」

「綾乃有點奇怪。」

「綾乃？」

雅人轉過頭看著綾乃。綾乃雙手摀著臉，身體不停地顫抖。香鈴則是表情認真地在和她說話。

美咲把嘴靠近雅人的耳邊。

「那個時候，綾乃的嘴巴好像被堵住了，而且遭受到不人道的對待……」

「不人道的對待……」

「嗯、嗯。雖然最後那兩個人沒有得逞，不過還是折騰了很長一段時間……」

美咲皺著眉說。

「綾乃受了不小的刺激，一直嚷著想去死。」

「唔……」

雅人感到怒火中燒，拳頭緊緊地握著。

「都這種時候了，他們到底在想什麼！」

「就因為是這種時候才糟啊！現在就算報案警察也不會來，真不知道以後的世界會變成什麼樣子。說不定到最後，受害的區域不只北海道而已。他們八成是看準這點，才會那麼無法無天！」
「那兩個傢伙實在是……」
「雖然外面的 CHILD 很危險，不過房子裡的那兩個傢伙也是一大威脅。」
「我知道。所以之後我們要一起行動。我想，這樣他們應該就不敢亂來了。」
「希望是這樣……」
美咲不安地看著雅人。
「雅人，我好害怕。那兩個人……會不會有更可怕的舉動啊？」
「更可怕的舉動？」
「你想想看，他們連京介都敢刺耶！而且搞不好，京介已經死了。」
「這……」
「他們真的會幫京介療傷嗎？」
「會、會吧。剛才敦答應過我了……」
這時，窗戶外面發出物體掉落的聲音。
「那、那是什麼聲音？」
雅人拿起放在地板上的斧頭，迅速跑向窗邊。封死的窗戶外面，傳出了呻吟聲。雅人把臉湊近窗戶仔細一看，表情瞬間大變。
京介倒在外面的地上，身體呈「く」字型彎曲，臉上的表情極為痛苦。
「為、為什麼京介會在外面？」

聽到雅人大喊，所有人都跑到窗邊。站在雅人旁邊的美咲，張著嘴不停地顫抖。

「該、該不會是……那兩個人把京介扔下樓了吧……」

「啊……」

聽到美咲這麼說，雅人頓時臉色發白。

「別……別開玩笑了，他們怎麼可能做這種事……」

手裡拿著菜刀的陽子，正一步步靠近倒在地上的京介，背後還跟著幾個男人。

他們都是跟著陽子一起行動的 CHILD。

「咿……啊啊……」

京介發出淒厲的叫聲。雅人拿起斧頭的握柄，往玄關的方向衝過去。

「和彥！博史！我們快去救京介！」

「是！知道了！」

和彥一面回答，一面拿起鐮刀。博史也急忙把菜刀拿在手上。

「走吧！」

雅人打開玄關的門，往外衝出去。此時，陽子已經趴在京介的身上。

「可、可惡！」

雅人大叫著，朝陽子跑去。他舉起斧頭，往剛好轉過頭的陽子的脖子砍下。陽子的頭應聲折裂，身上穿的白色襯衫瞬間染成了深紅色。

脖子幾乎被砍斷，流著大量鮮血的陽子，依然拿著菜刀揮舞著。跟在她後面的持刀男人也步步逼近。

「可惡的怪物！」

跟著雅人跑出來的和彥，舉起鐮刀往男人橫掃而去。男人的腹部裂開，噴出紅黑色的液體，可是仍然繼續前進。博史見狀，連忙拿著菜刀，一面喊一面朝男人刺去。

雅人揮舞著斧頭，把陽子從京介的身邊驅離。

「京介！我們快進去民宿裡面……」

看著京介的臉，雅人倒抽了一口氣。京介的喉嚨被啃了一個洞，左眼球不見，空洞的眼窩不停地流血，一直滴到地面。

泛紫的嘴唇微微張開，卻感覺不到呼吸的氣息。雅人的眼眶不由得湧出淚水。

「可惡！為什麼這麼殘忍！」

就在雅人要抱起京介的身體時，白樺森林裡出現另一名男子，一面吐出蠕動的觸手，一面往雅人他們靠近。

「雅人，快逃！京介已經死了。」

背後傳來和彥的呼喚。

「快點！要是那些怪物跑進民宿裡，我們就全完了！」

「唔……」

雅人放開京介的屍體，拖著腳步往後退。和彥、博史先跑回民宿，雅人也一鼓作氣往回跑。

那些男人的跑步聲，不斷從背後傳來。

雅人飛撲衝進民宿的同時，和彥趕緊把門關上，發出砰的一聲巨響，連用木板補強的門也跟著振動起來。

「把門壓住！」

雅人很快地起身，用手壓住門。然而外面還是不斷地傳來喀噠喀噠的敲門聲。

雅人死命地撐住，眼淚不聽使喚地流下。

——對不起，京介。要是我早點去救你就好了……

大門的震動平息之後，雅人往2樓跑去，卻在樓梯口被勇雄和敦擋住去路。雅人的拳頭顫抖著。

「這到底是怎麼回事？」

勇雄的嘴角上揚，露出邪惡的笑容。

「你在說什麼？我們什麼也沒做啊。」

「少裝蒜了！京介被你們從2樓扔下去還說！他已經死了！」

「拜託！你以為是我們把京介扔下去的？搞錯了吧。」

「搞錯了？」

「是啊，是京介自己跳下去的。」

「少騙人了！為什麼京介要從2樓的窗戶跳下去！」

「我哪知道。大概是對眼前的情況感到絕望吧。」

勇雄不耐煩地拿起手電筒，敲敲自己的肩膀。

「我們好心要幫京介療傷，他卻作勢要揍我們。然後，突然又跑到窗戶那邊跳下去。我們也想阻止，可是事情來得太突然，根本來不及拉住他。」

「來得太突然？」

「是啊，他瞬間就往下跳，誰救得了啊。」

「說謊！」

雅人瞪著勇雄說。

「2樓的窗戶全都用木條釘死了！就算是從裡面，也無法輕易打開，京介怎麼可能突然往下跳！」

「……你這傢伙，連這種細節都注意到啦。」

「果然沒錯！是你們把京介扔下去的吧？」

「好吧，是又怎麼樣？」

下一瞬間，雅人朝勇雄毆了一拳。就在雅人的拳頭觸到勇雄的同時，勇雄的腳也踢中雅人的側腹。雅人的身體因此彈到走廊的牆上。

「唔啊……」

看到雅人發出痛苦的呻吟，勇雄笑了。

「笨蛋！沒有本事，還敢向老子挑釁！」

「唔……為什麼……為什麼你們要殺死京介？」

淚水從雅人的眼眶流下。

敦舉起腳，踩在蜷曲著身體的雅人身上。

「喂！為什麼你硬要說我們殺了京介？我們不過是把他從2樓扔下去而已。殺死他的是那些怪物吧。」

「是你們讓CHILD殺死他的！我絕不會原諒你們！」

「不原諒我們？那你想怎麼樣？」

敦踩在雅人身上的腳更加用力了。

「你們是奈何不了我們的。作戰能力差，意志力又薄弱。我們可是天天都在鍛鍊身體呢。」

「你們也應該鍛鍊一下自己的精神！難道這就是空手道嗎？」

「不懂就不要亂講話，廢物！怎麼？你也不想活啦？」

「等等，敦。」

勇雄敲敲敦的肩膀。

「這些人還有利用價值。你不是看過網路上的資訊了嗎？」

「嗯嗯……說得也是。」

「算你們幾個走運。我們原本打算把男生拿來當作怪物的誘餌，不過，從現在起，你們都是我們的士兵。」

「士兵……什麼意思？」

雅人抬頭看著勇雄。

「網路上有流傳這樣的情報，說是 CHILD 的毒液對『失落的世代』不管用。」

「毒液……對我們不管用？」

「是的。你們在上次的國王遊戲中，不是注射過抗體了嗎？聽說，好像就是因為這樣，所以不怕 CHILD 的毒性，就算遭到攻擊也能倖存。」

「啊……」

雅人看著自己纏著繃帶的右手。

——的確。我也被 CHILD 攻擊過，可是活了下來，博史也是。其他被攻擊的人都死了，我們這些高中生卻能活著。不過，為什麼打過抗體的我們，對 CHILD 的毒性可以免疫呢？

看著默不作聲的雅人，勇雄笑了。

「總之，既然你們不怕中毒，就上戰場和 CHILD 對戰吧。我們被 CHILD 咬到是會死的，就算會空手道也無用武之地。」

「別開玩笑了，為什麼我們要為你們賣命？」

「那你想現在死嗎？派不上用場的士兵，留著也沒有意義。」

像肉食獸一樣，勇雄的嘴唇向上翻起。

「告訴你們！你們反抗不了我們的！」

「這話是什麼意思？」

「因為國王遊戲的命令。」

勇雄往放蠟燭的房間門瞥了一眼。

「剛才，我們把蠟燭的碟子調換位置了。你們應該懂這是什麼意思吧？」
「那、那又怎樣？」
「只有我們知道哪個碟子的蠟燭是誰的，而你們不知道。換句話說，我可以把你們的蠟燭弄熄，你們卻無可奈何。」
「啊……」
雅人臉上頓失血色。
「你、你們居然這麼卑鄙無恥，簡直是瘋了！」
「哎呀，我們也不是魔鬼。只要你們乖乖照我們的話做，就會放你們一條生路啦。」
「乖乖照做？你要我們做什麼？」
「首先，去1樓當守衛。因為要是有怪物潛進來，問題很麻煩。」
「唔……」
「管理燭火的事情交給我們，你們放心吧。雖然你這小子很煩，但是我不會弄熄你的。不過條件是，你要幫我管理你們那群高中生。這你應該很拿手吧。」
勇雄不懷好意地笑笑，還舔著嘴唇。
「對了對了，等怪物消失之後，記得帶兩個女生來給我們。」
「兩個女生？」
「那個波霸很不錯，另外那兩個也行。反正每一個都長得很可愛。」
「哼，你別妄想了！」

看到勇雄好色的表情，雅人大吼：

「我不可能這麼做的！」

「既然這樣，我就把女人殺了，反正她們也沒辦法當成戰力。」

勇雄在雅人的面前蹲下來，用手電筒照著他的臉。

「你去告訴那些女孩，若不想被殺死的話，就好好服侍我們。」

「你、你是當真的嗎？」

「我只是忠於自己的慾望而已。總之，那些妞我們是要定了。你好好表現的話，我會把女人賞給你的。」

勇雄舔著嘴唇，拍拍雅人的肩膀說。

【9月20日（星期一）凌晨3點37分】

回餐廳後，雅人把勇雄說的話，告訴大家。

「帶兩個女生去給他們……？」

美咲用沙啞的聲音說。

「意思是，要我們去陪他們兩個？」

「他還說，不服從的話就要殺了女生。」

雅人的視線從美咲身上移開。

「要是反抗他們的話，我們的蠟燭就會被弄熄，接受國王的懲罰。」

和彥憤怒地質問雅人：

「喂，雅人，你該不會真的要把女生送去給那兩個傢伙吧？」

「……我也想反抗，可是，我不知道該怎麼做才好。」

「你、你……」

和彥的嘴巴一開一合地動著。

「把女生交給他們，想也知道會遭到什麼對待……」

「我知道！所以才要想辦法啊！」

雅人咬著指甲，眼睛看著眼前的那把斧頭。

「只好用武器了……」

「喂、喂！你該不會想去殺了他們吧？」
「我才不想呢。可是，跟那兩個人講道理是沒用的，只能跟他們硬拼了。」
「你的意思是，用武器嚇他們？」
「是啊，或許我們可能會因此受傷，可是……」
聽到雅人與和彥的談話，美咲插嘴道：
「你們兩個等一下！要是用武器的話，會演變成自相殘殺的局面。對方可不在乎我們的命啊！還有，要是他們惱羞成怒，把燭火弄熄了，我們之中就會有人在瞬間死去。」
「就算是這樣，也只能硬拼了！這樣才能保護妳們。」
「雅人……」
美咲紅了眼眶地看著雅人。
「你這麼為我們著想，我好高興。可是，你千萬不要太衝動。」
「既然走投無路，只好放手一搏了。」
「……一定還有其他的辦法可想。我們照他們的話做就行了。」
「妳、妳在說什麼傻話！妳不知道他們會對妳們做什麼嗎？」
「這種事我當然猜得到。」
美咲撫摸著半長髮，哀淒地笑著說。
「可是，總比被殺死好吧。」
「這……話是沒錯，可是……」

「我會去勸香鈴的。至於綾乃，她的精神狀況還是很不穩定。」

「美咲……」

「放心，我會撐下去的。」

「不、不行！」

雅人拉住美咲的手。

「我無法把妳們交給那兩個人。」

「跟他們硬碰硬是沒用的，對方是大學生，還學過空手道。」

「就算是這樣，我也不要。我一定要保護自己的女朋友。」

「女……女朋友？」

「是啊，我們是男女朋友不是嗎？有哪個男人會把自己的女朋友交給禽獸！」

雅人大喊。

「我絕不會讓他們得逞的！絕不！」

聽到雅人的吶喊，和彥與博史在一旁猛點頭。

「現在還有時間，我們大家一起動腦，想想看有什麼好辦法。」

雅人緊握著拳頭，看著每個人的臉說。

【9月20日（星期一）上午8點24分】

雅人帶著美咲和香鈴走上2樓。站在擺放蠟燭的房門前的勇雄，笑容滿面地走了過來。

「你們終於想通啦。那麼，要陪我們玩的，就是這兩位小姐囉？」

勇雄輪流打量美咲和香鈴。

「那個波霸夠辣，不過妳們也不賴。喂！敦，女人送上來啦！」

走廊盡頭的房門打開，敦從裡面走出來，手還不停揉著眼睛，看起來像剛睡醒。敦看到美咲和香鈴，忍不住舔了舔厚厚的嘴唇。

「是不同的女生呢。勇雄，你挑哪一個？」

「這個嘛，我挑中長髮的好了。」

勇雄不懷好意地笑著指了指美咲。

「你不是喜歡蘿莉系的嗎？旁邊那個比較適合你吧。」

「我喜歡這個，看起來很敢玩。」

「等、等一下！」

雅人雙手合掌，跪在地上哀求。

「拜託，請不要對她們做出太過分的事！」

「太過分的事？放心啦，我們一定會好好疼愛她們的。」

勇雄帶著猥褻的眼神，盯著美咲說。

「好啦，你先回餐廳去吧，辛苦啦。」
「勇雄，拜託你。」
「少在那邊囉唆！別再說了！乖乖地下樓去！」
「……無論我怎麼求你都沒用嗎？」
「你就認了吧。現在這個時代，沒有能力的男人，是得不到女人的。」
「我知道了……」
雅人喪氣地垂下頭。
「我們輸了。」
這句話是個暗號。雅人跪在地上，伸手抓住勇雄的雙腳，用力把他拉倒。這時，躲在樓梯中間的和彥與博史便會迅速跑上2樓，對敦發動突襲。
「可惡！你們活得不耐煩了嗎！」
勇雄倒在地上，手不停地捶打雅人的頭。美咲跑過去抓住勇雄的手，雅人趁機抱著勇雄的腰，大喊：
「香鈴、綾乃，就是現在！」
綾乃跑上2樓，她和香鈴兩個人躲開勇雄和敦，跑進放蠟燭的房間。
「可惡！臭小鬼！」
勇雄甩開雅人和美咲，急著想阻止她們。敦也打倒和彥與博史，趕了上去。
「站、站住！」

雅人因為頭被打傷，表情痛苦，可是依然緊追那兩個人不放。

一跑進房間，就看到勇雄和敦的背影。房間最裡面擺著一張桌子，香鈴和綾乃雙手拿著蠟燭，和勇雄他們正在對峙。

雅人站在香鈴面前，張開雙手說：

「現在是我們贏了！」

「嗄？笨蛋！」

勇雄看了一眼放在桌上的4根蠟燭後，把視線移到香鈴她們手上的蠟燭。

「你以為這樣就贏我們啦？」

香鈴對步步進逼的勇雄發出警告。

「聽著，我們拿起蠟燭之前，已經先把蠟燭調換過位置了。」

「嗄？妳說什麼？」

勇雄突然臉色大變。

「那……那又怎樣？的確，被妳這麼攪和之後，我就不知道妳們手上拿的是誰的蠟燭。可是，妳們不也一樣嗎？」

「是啊，我是不知道自己手上拿的是誰的蠟燭。可能是我的，也可能是你的。」

香鈴把右手拿的蠟燭移到嘴邊。

「要不要賭賭看？只要把火吹熄了，就可以知道是誰的蠟燭了。」

「給、給我！」

勇雄的額頭不停地流下汗水。

「妳要想清楚，你們有6個人，我們只有2個人。也就是說，妳把火吹熄的話，你們受懲罰的機率比我們高多了。」

「這點我們當然很清楚，可是你們也有25％的受罰機率。」

「喂、喂！」

勇雄一面擦拭額頭上的汗，一面對雅人說：

「你也可能會死耶，這樣無所謂嗎？」

「我早就有覺悟了。」

雅人也從桌上拿起蠟燭。橙黃色的火光輕輕地搖曳著。

「反正這樣下去，我們也只是當你們的奴隸。」

「……你們想玩真的？」

「沒錯，我們事前已經說好了。」

雅人看向站在門口的和彥、博史，還有美咲。他們3個同時點頭。

雅人舔了舔舌頭，滋潤乾渴的口腔。

——不需要真的把燭火吹熄，只要讓對方以為我們會這麼做就好。這樣，他們就不敢亂來了。

「怎麼樣？你們也做好心理準備了嗎？」

「呿……好吧。」

勇雄聳聳肩，往後退。

「那麼，我們所有人都退出房間吧。要是因為我們移動的關係，讓火熄滅的話，後果就不堪設想了。」

「不行！全部的人都離開的話，你們又會靠拳頭強佔房間。」

「嗄？那你說該怎麼辦？難道，要這樣一直乾瞪眼嗎？」

「蠟燭由我們來管理。你們出去吧。」

「開什麼玩笑！你們憑什麼要求我們把權利交出來！」

「不管，反正你們必須交出來，這是基本條件。」

雅人斬釘截鐵地說。

「剛才，我們是趁你們疏忽的時候搶到房間的。真要比力氣的話，我們根本沒有勝算。要是你們把房間封鎖起來，用暴力威脅的話，我們就沒轍了。」

「可是，你們現在還不是一樣，威脅我們要把蠟燭吹熄！」

「誰跟你們一樣！我們又沒有提出要求，也不打算這麼做。可是，你們卻想打女生的歪主意。」

雅人瞪著勇雄和敦這麼說。

「所以，蠟燭必須由我們來管理。這樣才不會有人受傷或是死掉。」

「哼哼……臭小子，這麼囂張！」

勇雄發出低吼，敦抓住他的肩膀。

「冷靜點，勇雄。」

敦把眼睛瞇得跟針一樣細，瞪著雅人。

「你們真有那個膽子，把火吹熄？」

「當、當然。被逼急了，我們什麼事都做得出來。」

「哼……好吧，那就試試看吧。」

聽到敦這麼說，勇雄反倒慌了。

「喂、喂！敦，不要再激他們了！萬一他們來真的，說不定我們會死耶！」

「他們沒那個膽。因為他們的死亡率比我們還高。這些小鬼只是想嚇唬我們而已。」

看到敦一步步逼近，雅人把手上的蠟燭拿到面前。

「不准再靠近！把我們逼急了，就別怪我們做傻事！」

「喔……」

燭光照耀著敦臉上的詭異笑容。

雅人的喉嚨發出咕嚕的聲音，拿著蠟燭的手不自覺地使力。現場瀰漫著緊繃的氣氛，連T恤都滲出了汗水。

萬一在這時候起爭執的話，燭火很可能會因此熄滅，到時就會有人受罰。雖然不知道是哪一種懲罰，不過可以確定幾乎是必死無疑。

——絕不能在這時候退縮，一定要掌握主導權……

這時候，雅人背後傳出微弱的笑聲。雅人瞄了一眼，是綾乃手拿著蠟燭在微笑。那笑容透露出瘋狂的氣息。

雅人楞住了。

「綾……綾乃……」

「怎麼樣？雅人……改變作戰計畫吧。」

【9月20日（星期一）上午8點43分】

「改變作戰計畫……？」

「用威脅的方式，嚇唬不了這兩個人的。」

綾乃微笑地看著敦。

「除非，真的把火吹熄……」

「喔……真有意思。」

敦臉頰的肉微微地抽動了一下。

「妳當真敢這麼做嗎？死的人很可能是妳的朋友呢。」

「是啊……你說得沒錯。那樣的機率的確比較高。」

綾乃一面說，一面將右手拿的蠟燭移到嘴邊。雅人此時睜大了眼睛。

「綾乃，冷靜下來。」

「冷靜？我很冷靜啊。」

「妳不要把自己逼得太緊，目前只要保持勢均力敵的情況就好。」

「可是這樣的話，那兩個傢伙根本不會感到恐懼。」

「感到恐懼？」

「沒錯，我要讓他們嚐嚐恐懼的滋味，就像他們對我做的那樣……」

綾乃的瞳孔反射出橙黃色的燭光。

「告訴你們吧，說不定死的人是我呢。」

「說不定……？等、等等！」

「雅人、和彥、博史，還有美咲、香鈴。對不起，我也有可能殺了你們。可是，我已經有覺悟了，就算要犧牲你們，我也要殺了那兩個傢伙……」

也許是發現綾乃語氣中的堅決，敦臉上的笑容消失了。

「好吧，我們認輸可以吧！走了，勇雄。」

正當敦轉過身，背著雅人他們走向門口的時候，綾乃又說話了。

「站住，我的話還沒說完呢。」

「還有什麼事？我們不會對你們怎麼樣的！」

敦嘖了一聲，轉過身。

「我知道妳是認真的，以後我們會跟你們合作，再也不亂來，這樣行了吧？」

「……已經太遲了。」

「太遲了？這話什麼意思？」

綾乃嘟起嘴，呼地吹了一口氣，右手的蠟燭瞬間熄滅了。

「啊……」

所有人的嘴巴都張得大大的，眼睛集中在那根熄滅的蠟燭上。

「妳、妳！」

敦嚇得嘴巴不停開合。

「妳、妳在做什麼！是不是瘋了！」
「我當然沒瘋。」
綾乃用冷靜的聲音說。
「剛才我不是很認真地警告，要把火吹熄嗎？」
這時候，走廊那邊傳出喀啦的碎裂聲。雅人朝走廊的方向看去，眼睛睜得極大。走廊那邊，脖子以異常角度彎曲的博史就這麼站在原地。
「啊……唔……」
博史大概還搞不清楚發生了什麼事。只見他脖子扭曲，眼睛不停地眨動，唾液從半開的嘴角滴落到地板上。
「為……什……麼……？」
博史的膝蓋跪在地上，整個人往前撲倒，身體無法控制地痙攣。看到這樣的博史，綾乃露出哀傷的眼神。
「原來是博史的蠟燭……真是遺憾……」
雅人搖搖晃晃地走到綾乃身邊。
「綾乃……妳為什麼要吹熄蠟燭呢？我們不是說好，不需要這麼做的嗎？」
「我什麼都不在乎了，反正我們遲早都會死。」
「妳、妳說什麼？」
雅人的身體喀噠喀噠地顫抖。

「妳殺了博史，殺了我們的同學博史啊……」

「這是遲早的問題。博史只是運氣比較差而已。」

稜乃把熄滅的蠟燭扔到一邊，又從桌上拿起一根燃燒中的蠟燭。

「不知道這根蠟燭是誰的呢？」

「綾……綾乃？」

雅人沙啞地喃喃自語著。

——為什麼會變成這樣？本來根本不需要鬧到出人命的地步啊……

雅人回想起在學校裡的綾乃是個乖巧、非常討人喜歡的女孩，在男孩子間很受歡迎，大家還會背著女生偷偷排名，綾乃的名次總是在前幾名。

有一次，雅人上體育課時受了傷，多虧有綾乃幫他貼藥布。那麼細心善良的綾乃，怎麼會做出這種事，實在令人難以置信。

「夠了，停下來！別再讓事情變得無法挽回！那兩個人已經知錯了！」

雅人指著倒在地上的博史說。

「不要再殺更多的人了！」

「在殺死那兩個人之前，我不會停手的。我要靠自己的力量殺了他們，只有這樣，才能保住我的尊嚴。」

勇雄滿臉驚恐地直搖頭。

「這傢伙……腦筋不正常。現、現在該怎麼辦？」

所有人的視線全都集中在綾乃身上。綾乃笑著把蠟燭湊向嘴邊。

「你們好像有點嚇到了呢。不過，這樣還不夠。」

綾乃又朝蠟燭吹了一口氣。搖晃的火焰瞬間熄滅。

剎那間，站在房間中央的敦，發出了一聲悶響，脖子就這麼折斷了。

「唔……」

敦粗厚的頸項呈直角彎曲，眼睛排成一直線，一陣抽搐過後，便倒地不起。

「咿、咿咿咿咿咿咿咿咿！」

勇雄發出像女人尖叫般的哀嚎，兩腳不斷往後退，直到背碰觸到牆壁。看到他這副模樣，綾乃嗤嗤地笑了。

「呵呵，賓果！怎麼樣？在百般不情願的情況下，任由別人擺布的感覺怎麼樣？啊、已經死啦？」

綾乃視線冰冷地看著地上的敦，然後又伸手去拿另一根蠟燭。

「那麼，還剩下1個……」

她的聲音聽起來毫無起伏。美咲與和彥被嚇得牙齒喀噠作響。

雅人的視野開始歪斜，心臟劇烈跳動，全身不停地冒汗。

「啊……綾乃，快點住手！」

「放心吧，雅人。」

綾乃親切地微笑說。

「下一個，一定是那傢伙。」

綾乃看著貼在牆壁上，顫抖不已的勇雄。

「雅人，仔細看喔。看看這傢伙死去的樣子。」

「不要再殺人啦，勇雄已經知錯啦！」

「知錯？那種人怎麼可能知錯呢？他現在是因為怕死才發抖的。」

「我、我錯了！」

勇雄一把鼻涕一把眼淚地跪地求饒。

「請饒了我吧，我真的知道錯了。我再也不會做那種事了。」

「真的？」

「是、是真的！」

看到勇雄低頭求饒的模樣，綾乃的眼睛瞇得像弦月一樣。

「我也曾經像這樣，不停地向你求饒，可是你們就是不肯罷手。」

「啊……」

「所以，我也不打算罷手。」

說完，綾乃又呼了一口氣，把燭火吹熄。

「啊啊啊啊啊！」

勇雄的哀嚎在房間裡迴響著。

綾乃發出滿足的笑聲，把熄滅的蠟燭朝勇雄扔去。

「來吧，這次一定是……」

綾乃的話突然中斷，接著傳出喀嘰的聲音。

所有人全都楞楞地看著脖子呈直角彎曲的綾乃。

「真……真可惜……」

嘴角含笑的綾乃倒下了。

美咲和香鈴，趕緊跑向痙攣不已的綾乃。

儘管她們拼命呼喚她的名字，卻仍然沒有得到回應。

雅人步履蹣跚地走到綾乃身邊。看到她頸部折斷的樣子，淚水不由得滴了下來。

「為什麼！為什麼妳要這麼做？」

沒有人回答雅人的問題。

【9月20日（星期一）下午1點31分】

雅人神情恍然地坐在燃燒著5根蠟燭的房間裡，美咲在一旁陪伴他。和彥與香鈴則是坐在木桌對面的位置。望著桌上搖曳的燭光，和彥深深地嘆了一口氣。

「現在只剩下4個人了。」

「是5個人。」

雅人看著蜷曲在房間角落的勇雄說。勇雄半張著嘴，失魂落魄地盯著地面看。

「那傢伙已經不是我們的敵人了，看樣子應該是不敢再對女生下手了。」

「是啊。他的死黨也死了。」

和彥濃厚的雙眉下垂，雙手交叉放在桌上。

「都是他們兩個害綾乃精神失常的。只是，現在說這些，也無法讓博史死而復活，綾乃自己也賠上了性命……」

「是啊，追究責任的事以後再說，還有很多事等著我們去做呢。」

雅人對美咲說。

「美咲，蠟燭的數量沒有問題吧？」

「等一下。」

美咲從椅子上站起，走向房間角落的箱子，進行確認。

「嗯，沒問題。……如果是5個人的話，還夠用。」

不知是否回想起死去的同伴，美咲的眼眶泛著淚光。
「我想，國王的命令應該是沒問題了，比較令人擔心的是CHILD。」
「這附近還有幾隻？」
「不清楚。不過，肯定有！」
回想起之前在民宿外面和自己搏鬥的陽子，雅人不由得拳頭緊握。
「那些怪物，即使頭裂成兩半，還是可以繼續行動，人類是不可能這樣的。」
「說到底，只要CHILD還在，就算國王的命令結束了，我們一樣無法到外面活動。」
「是啊。不過這一帶的數量不多，我們應該有辦法擊退他們。」
聽了雅人的話，香鈴皺起眉頭。
「要怎麼擊退他們？雖然高中生被觸手螯到並不會中毒死去，可是光憑力氣，我們也不是CHILD的對手啊。」
「就算情況再不利，也要想辦法才行。總不能一直待在民宿裡啊。」
「可是，離開這裡之後要去哪裡？去札幌會更危險吧？CHILD攻擊大都市的可能性比較高耶。」
「這……」
雅人張嘴看著香鈴，不知道該如何回答。香鈴那對像是會把人吸進去的瞳孔，反射著橙黃色的火光。
「我想，札幌的火災還在繼續擴大吧，就算國王的命令時限結束，火也沒那麼容易滅。」

「正因為這樣，我們才更需要回去！」

雅人斬釘截鐵地說。

「高中生對CHILD的毒液免疫，所以我們要回去應戰。」

「應戰？這個決定太草率了吧。」

「就算是草率也要回去。雖然不知道CHILD的目的是什麼，可是他們攻擊人類是事實。而且現在又出現國王遊戲，大家更應該團結一致。」

「團結一致？你認為這樣，事情就能解決嗎？」

「當然，現在的情況可以說是一團亂，可是只要大家同心協力，一定可以解決。」

雅人握著拳頭大聲說。

「所以，我們絕不可以放棄，香鈴。」

雅人看著香鈴說。一旁的美咲用食指點了點雅人的手臂。

「我贊同你的看法，不過還是不能輕舉妄動。要是死在這裡的話，就算想團結也沒辦法。」

「我知道。現在最重要的，就是想辦法擊退外面的CHILD。」

「想辦法？問題是，我們現在連CHILD躲在哪裡、有多少隻都還不知道呢。」

美咲瞄了一眼用木條封死的窗戶。

「說不定，他們還在想辦法潛入這間民宿。」

「所以，我們要先下手為強。至少，先解決埋伏在民宿四周的CHILD。」

和彥手臂交叉，發出低吟。

「嗯嗯……看樣子，只有拿起武器，跟他們展開肉搏戰了。」

「肉搏戰……？」

雅人伸手去碰觸放在桌上的斧頭。

「可是現在能夠作戰的人，就只剩下和彥跟我。勇雄那傢伙……雖然力氣不小，可是無法抵抗毒液。」

「如果武和博史還活著就好了……」

和彥若有所思地呢喃。雅人也感到左胸口一陣痛楚。

「……說得也是。」

「不，對不起，現在說這些也無濟於事。」

「不需要道歉。總之，現在不是悲傷的時候。」

「是啊，我已經有覺悟了。不管是肉搏戰還是什麼，都只有拼了。」

和彥用右手的拳頭，打在左手的手心上。

「只要我拿出真本事，解決1、2隻CHILD應該不成問題。我以前可是排球社的王牌呢。」

「這跟排球社沒有關係吧。而且，上次你們在春季大賽時，第一回合就輸了。」

「那次是裁判的錯。下次……對，下次我們一定會贏，到時候你要記得來幫我們加油喔。」

「下次啊……」

雅人微微地笑了笑。

「好，下次比賽我一定會去加油。」

「嗯嗯，拜託你了！美咲、香鈴，妳們也要來喔。」
聽到和彥的話，美咲和香鈴的心情也輕鬆了許多。

【9月20日（星期一）下午4點11分】

雅人與和彥各自拿著斧頭和鐮刀，站在玄關前面伺機而動。計畫很簡單，就是一有CHILD靠近，他們就上前迎擊。不過，CHILD好像知道雅人他們在埋伏等待一樣，始終沒有再出現。

雅人擦掉額頭上的汗水，把臉移開用木板釘成的門，對一旁的和彥嘖了一聲。

「可惡！等了這麼久，一隻都沒出現！」

「說不定，他們已經不在這附近了。」

雅人走離門邊，拿起附近的瓶裝水來喝。微溫的水從喉嚨一直流進了胃裡。

「問題是，他們都跑去哪裡了？」

「也許去攻擊附近的民宿或民宅了吧？」

「這樣很危險，應該想辦法把大家集合起來才對。」

「要是沒有國王遊戲的命令就好了。那個叫再生的組織，到底在想什麼？為什麼會跟CHILD扯上關係呢？」

「我在車站的時候，曾經和一名再生的信徒談過話，當時就覺得很不對勁。應該說，他們的觀念很特別吧。」

回想起當時的情況，雅人不由得皺起眉頭。

「雖然宗教信仰是個人自由，不過給別人帶來麻煩，那就另當別論了。」

「何止是帶來麻煩而已。要死的話，他們自己去死就好了。」

和彥氣得牙齒不停地打顫。

「要是被我看到那些信徒，一定狠狠揍他們一頓！」

「先別管信徒了，還是先對付 CHILD 要緊。」

雅人拿起斧頭時，美咲從餐廳跑了過來，手裡拿著用鋁箔紙包起來的東西，遞給雅人與和彥。

「雖然晚了點，不過這是中餐。裡面是法國麵包夾香腸、萵苣和起司。」

「謝謝妳，美咲。」

向美咲道謝後，雅人打開鋁箔紙。煎過的香腸和起司的香味立刻撲鼻而來。

「本來沒什麼食慾，可是一看到這些，肚子就突然餓起來了。」

「嗯，就算沒有食慾也還是要吃才行，因為下一餐不知道什麼時候才有得吃呢。」

「說得也是，我們現在趕快吃吧。」

雅人拿起法國麵包大口咬下。

「對了，雅人。」

「唔嗯……什、什麼事？」

「等你吃完之後，把這個拿去給勇雄吧？」

美咲又拿出一個鋁箔紙包。

「他已經沒有危險性了吧……我想。」

「啊、喔，也是，我等一下就拿去。」

「謝謝，他應該還在2樓。」

「好。這個時候，大家的確要互相幫忙。」

把最後一口麵包塞進嘴裡後，雅人接過美咲拿來的鋁箔紙包。

「那麼，我去去就回。」

「啊……雅人。」

美咲叫住雅人。雅人張著嘴，站在原地不動。

「嗯？怎麼啦？」

「我有點擔心。」

「妳是指勇雄嗎？」

「不是的。……等一下，我有話要單獨跟你說。」

「喔，好。當然沒問題。」

「那麼，待會見。」

看到美咲嚴肅的表情，雅人也跟著不安了起來。

雅人爬上樓梯後，敲了敲大學生房間的門。

「勇雄，你在嗎？我要進去囉。」

不等勇雄回答，雅人逕自開門進去。勇雄就坐在房間較暗的角落，頭垂得很低，手還抱著膝蓋。

「勇雄，我拿吃的來給你了。」

勇雄沒有回答。依然垂著頭，動也不動。

「我知道你可能沒有食慾，不過還是填飽肚子比較好，勇雄……」

雅人嘆了一口氣，朝勇雄走去，拍了一下他的肩膀。未料，勇雄的身體突然往旁邊滑落。

「咦……」

雅人張著嘴，看著倒下去的勇雄。他的脖子被折斷，張開的眼睛也看不到生命的光輝。

「怎……怎麼會這樣？」

雅人屏住急促的呼吸，伸手去摸勇雄的脖子。折斷的骨頭，把那個部位的皮膚頂了起來。

「脖子的骨頭……折斷了，難道是……」

雅人感到背脊發涼，驚慌失措地從房間飛奔而出。他小心翼翼地打開擺放蠟燭的房門。桌上還放著5根蠟燭，可是其中一根的火焰已經熄滅了。

「怎麼會呢……」

雅人靠近桌邊，拿起熄滅蠟燭的碟子。蠟燭還剩很長。

「為什麼只有這根蠟燭熄了……？」

此時，背後傳來腳步聲。回頭看去，和彥、美咲與香鈴就站在那裡。美咲看到雅人手上拿著熄滅的蠟燭，不禁叫出聲來。

「這是勇雄的蠟燭。」

雅人好不容易擠出這幾個字。

「勇雄死了。他受到國王遊戲的懲罰，脖子斷了。」
「怎麼會這樣……」
「為什麼蠟燭的火會熄滅呢？」
和彥大喊。
「這個房間並沒有風，空氣也保持流通，為什麼蠟燭會熄滅呢？」
「我也不知道，也許是蠟燭的品質不良吧。」
雅人搖搖頭，雙手放在桌子上。他回想起勇雄的死狀，手微微地顫抖著。
——可惡，為什麼又死了一個！我們明明很努力要保住大家的命啊。
「要是我早點發現就好了……」
聽到雅人這麼說，香鈴搖搖頭安慰他。
「這種事，再怎麼小心謹慎，還是防不勝防。」
「如果點兩根蠟燭就好了，這樣就沒有問題了。」
「別傻了，根本沒有那麼多蠟燭可以用。」
香鈴抓著雅人的T恤。
「而且，我認為那個人是註定該死。」
「註定？」
「是啊，綾乃一直想殺了他。也許就是這股怨念殺了他吧。」
「綾乃的怨念……」

「嗯，所以雅人，你不需要對這件事感到內疚。」

「唔……」

香鈴的安慰，並沒有因此讓雅人的心情好轉。

雅人用床單把勇雄的屍體包裹好之後，搬到工具室去。工具室裡堆滿了屍體，連地板都被蓋滿了，裡面的空間瀰漫著屍臭味。

被鮮血和體液污染的床單佔據了雅人的視線。美咲傳出的哭泣聲，讓他更清楚地了解，眼前如惡夢般的景象，是真實的世界。

【9月20日（星期一）晚間10點21分】

睜開眼睛，首先看到的是餐廳的天花板。雅人揉揉眼睛，慢慢地撐起身體。

「嗯嗯……我睡著了？」

雅人與和彥兩人決定輪流休息，由雅人先睡，再換和彥。美咲本來要雅人去2樓房間的床上睡，不過雅人拒絕了。為了在發生緊急狀況時，可以立即採取行動，他決定睡在餐廳的地板。其實，雅人並不打算睡，只想休息養神。不過因為實在是太累了，所以不知不覺便沉沉睡去。

雅人把放在旁邊的智慧型手機乾電池式的充電器拔掉。

「好，這樣就充電完成了。」

他滑動手指，查看收件匣，並沒有發現新郵件。

「老媽沒傳簡訊來嗎？真希望她那邊沒事……」

雅人想起了母親。他傳了一則簡訊，想要確認母親的安危，之後隨即爬起身子。餐廳裡面一個人也沒有，只有牆上時鐘的時針，發出喀嘰喀嘰的細微聲音。

「大家都去哪裡了？」

雅人走出餐廳，來到走廊。

「喂！和彥！美咲！香鈴！」

走廊上一片靜悄悄，沒有人回應雅人的呼喚。

「奇怪了……」

連心臟發出的心跳聲都清晰可聞。

——為什麼都沒有人回答？不可能全都在睡覺啊。

此時，香鈴從走廊的另一頭跑過來。

「啊……雅人，你醒了？」

她鬆了口氣地看著雅人。

「睡得好不好啊？」

「嗯，還不錯。對了，妳知道和彥跟美咲在那裡嗎？怎麼沒看到他們？」

「我也在找美咲。醒來之後我就沒看到美咲，她本來睡在我旁邊床上的說。」

香鈴東張西望地觀察四之周。

「該不會跑到外面去了吧？」

「應該不會隨便亂走才對。」

「那他們兩個會去哪裡？」

「啊……說不定是在放蠟燭的房間。我們去看看。」

雅人和香鈴一起朝著樓梯的方向走去。

打開房門的瞬間，雅人的身體凍住了。映入眼簾的，是倒在桌上的兩根熄滅的蠟燭。

「不……不會吧？怎、怎麼又……」

雅人步履蹣跚地走到桌邊。熄滅的蠟燭和還在燃燒的蠟燭，長度幾乎差不多。這表示燭火應該是在幾十分鐘之內熄滅的吧。

「不可能發生這種事啊。為什麼2根蠟燭會同時倒下？」

雅人的身體喀噠喀噠地顫抖。現在還在燃燒的蠟燭只剩下2根了。也就是說，沒有熄滅的是香鈴和雅人的蠟燭，而熄滅的是和彥與美咲。

「那麼……美咲與和彥……」

一想到美咲與和彥兩個人斷了頭，倒臥在民宿的某處，雅人的肩膀頓時絕望地垂了下來。

香鈴也支撐不住地跪在木地板上。

「不……不可能的……美咲、和彥……」

她的身體微微顫抖，牙齒不停喀噠作響。雅人也露出痛苦的表情，他感到自己的氣力耗盡，人幾乎快要站不住。

「美咲……」

雅人呼喚著心愛女孩的名字，眼淚不停地流下。他完全無法理解，為什麼會發生這種事。勇雄的蠟燭熄滅時，他以為只是運氣不好，可是這次美咲與和彥的蠟燭同時熄滅，很顯然，這並不是巧合。

「為什麼蠟燭的火會熄滅呢？我實在是想不通！」

「說不定是蠟燭的熱力，把下面的部分融化，所以才倒下去的……」

「怎麼可能！是2根同時熄滅耶！」

「我也不知道，可是我只想到這個可能性啊。」

香鈴無力地站了起來，雙手抓著雅人的手。

「雅人，你說，接下來我們該怎麼辦？」

「……我也不知道。總之，一定要找出美咲與和彥才行……」

雅人眼眶噙著淚水回答。

「至少，要把他們和大家放在一起……嗚……」

如此極大的打擊，雅人的心根本無法承受。思緒好像中斷了一般，無法再去想接下來該怎麼辦。只能失神地望著桌上搖曳的橙黃色燭光。

——為什麼會發生這種事呢？美咲……和彥……

當初，他以『絆之樹』的青少年部代表，從事志工活動時，就是美咲與和彥在一旁支持他。美咲心思細膩，會幫忙處理他不拿手的事務。而和彥擅長為團體打氣，每次遇到棘手的工作，都會率先把責任扛下來。這一刻，他們兩人的笑臉一幕幕浮現在雅人的腦海裡。

香鈴伸手擦拭雅人臉上的淚水。

「雅人……我好累喔。」

「香鈴？」

「與其像這樣活得心驚膽顫，還不如死了輕鬆。」

「不……」

雖然想否定香鈴的話，雅人卻不知道該說什麼。

——我想活下去嗎？美咲已經死了，和彥、博史、武也都死了。

「我……我……」

「雅人……」

香鈴嬌小的身軀依靠在雅人身上。雅人的胸口可以感受到香鈴的呼吸。

「跟我一起死好嗎？」

「一起……死？」

「嗯……」

香鈴用堅定的眼神看著雅人。

「美咲、綾乃、里奈她們都死了。和彥、博史、武也是。我想，班上其他同學、老師，還有鄰居們一定也是。因為城市裡的CHILD不是更多嗎？而且還發生了火災。」

「就、就算是這樣，我們也不能自殺啊。」

「為什麼不能？自殺有什麼不對呢？與其被CHILD殺死，主動死去不是更好嗎？」

「主動死去？」

「沒錯……這樣一定會很幸福。」

香鈴把手繞到雅人的背後。

「雅人……你知道嗎？我一直很喜歡你。」

「咦？喜、喜歡我？」

「嗯。打從我知道你在3個月前國王遊戲中的英勇事蹟開始……」

香鈴難為情地從雅人的身上移開視線，然後繼續說：
「當時，很多人為了自己活命不惜犧牲別人。可是你不一樣，寧願犧牲自己的性命，也要讓大人們活下去。所以我崇拜那樣的你。」
「香鈴……」
「倖存的高中生最後都被集中到札幌。當我發現自己和雅人編在同一班時，就覺得這是命運的安排。地方英雄就在我的眼前。」
「可、可是，香鈴，妳從來沒有告訴過我說妳喜歡我，而且，外表也看不出來啊。」
「那是因為我知道你喜歡美咲。」
香鈴的嘴角微微上揚。
「女生對這方面的事，心裡都很清楚。尤其是你，很容易被看穿。以前在班上，你總是看著美咲，所以從沒發現，我也在看著你。」
「啊……」
「本來，我並不打算向你告白，因為我知道你和美咲是兩情相悅。可是，現在美咲已經死了。」
「香鈴……我……」
「你不要誤會，我並不是想當你的女朋友。」
香鈴的手放在雅人的背上，輕輕地撫弄著。
「我只是希望你跟我一起死。照你的意思……」

「照我的意思？」

「嗯，我絕不勉強你，由你來決定就好。」

「這、這個……」

「雅人，這樣活下去有什麼意義呢？國王遊戲的命令一定還會再出現的。而且，你想活在被 CHILD 管理的世界嗎？」

「被 CHILD 管理的世界？這怎麼可能……」

雅人搖頭說。

「這是不可能的，人類不可能輸給那種怪物的。」

「是嗎？CHILD 可以擬態成人，智商也不比人類低喔。如果 CHILD 往本州移動，日本就完了。雖然政府現在封鎖了青函隧道，可是 CHILD 還是會透過海上，或是搭飛機突破封鎖。屆時不只是日本，全世界都會淪陷的。」

「這個……妳說得沒錯，可是……」

「我知道你希望朝正面思考，可是現實是，情況已經一發不可收拾了。」

香鈴放開雅人，往桌子走去，拿起2根還在燃燒中的蠟燭。在搖曳的橙黃色火光下，香鈴的影子猶如生物一般地動著。

她把蠟燭拿到雅人嘴邊，微笑著說：

「一起吹熄吧。」

「吹、吹熄？可是，這麼做的話……」

「是的，我們會一起頭骨斷裂而死。可是，這沒什麼好怕的，我們很快就會無法呼吸而死，不會痛苦太久的。」

「香鈴……妳、妳是認真的嗎？」

「當然。我想要和我最愛的雅人一起死。這是我的心願……」

「一起死……」

看著香鈴那對幾乎要把人吸進去的雙眸，雅人的喉嚨發出咕嚕的聲音。

「可是……我……」

「拜託你……雅人。」

香鈴的聲音像美妙的鈴聲，在雅人的腦子裡迴響著，讓雅人漸漸失去了思考能力。

他的嘴唇緩緩靠近香鈴手上的那2根蠟燭。

——香鈴說得沒錯。世界已經變成這樣了，活下去也沒有意義。

看著雅人覺悟的表情，香鈴像著了迷地說道：

「對……一口氣吹熄它，這樣一切就會結束，再也不需要煩惱了。」

【9月20日（星期一）晚間10點38分】

「雅人，不要被騙了。」

走廊傳來女孩子的叫聲。

「咦……？」

熟悉的聲音把雅人越飄越遠的意識，重新拉了回來。他回過頭去，看見美咲就站在門那裡，和彥也站在她身後。

「美咲！和彥！」

雅人的眼睛眨了眨，幾乎不敢相信自己所看到的。

「你們還活著？」

「為、為什麼還活著呢？」

香鈴也喃喃地說。兩人的聲音重疊在一起。

「蠟燭的火應該吹熄了啊……」

「應該吹熄了？」

聽到美咲的問話，香鈴啊了一聲，連忙摀住嘴。看到她手足無措的模樣，美咲不禁嘆了一口氣。

「果然是香鈴吹熄的。勇雄的蠟燭會熄滅，並不是意外。」

雅人呆然看著默不作聲的香鈴。

「為、為什麼？香鈴，為什麼妳要這麼做？」
「不、不是我！」
香鈴拼命搖頭否認。
「剛才我一時說錯話了，我想說的是，蠟燭不是熄滅了嗎？」
「少騙人了。」
美咲冷冷地說。
「打從綾乃的精神出狀況那時候起，我就在懷疑妳了。」
「為、為什麼？綾乃是自殺死的啊！」
「可是，是妳慫恿她做出傻事的。」
美咲斬釘截鐵地說。
「綾乃的精神崩潰之前，妳不是跟她說過話嗎？那時候，我剛好聽到妳對她說的一些話。」
「我說的話？」
「沒錯？妳是不是跟綾乃說『那兩個傢伙再怎麼厲害，只要吹熄他們的蠟燭，就能殺了他們』？」
「那、那是我想安慰綾乃才那麼說的。而且，我不知道綾乃真的會那麼做。」
香鈴雙手拿著蠟燭，笑得很不自在。
「先不說那些了。美咲、和彥，你們兩個還活著，真是太好了。可是……你們怎麼沒事呢？」

「因為我們把燭火移到別根蠟燭去了。」

「移到別根蠟燭？」

「是的，勇雄的蠟燭熄滅的時候，我就在懷疑是妳故意弄熄的，所以事先把燭火移到別根蠟燭。而且，剩下的也全都移走了。」

「是……是嗎？太好了。那其他的蠟燭放在哪裡？」

「很抱歉，這個我不能告訴妳。」

「美咲……妳真的以為是我把燭火弄熄的嗎？」

「真是可悲，虧我們是那麼要好的朋友呢……」

香鈴陰沉的語調，在房間裡迴盪著。

雅人半張著嘴，聽著美咲和香鈴兩人的對話。

——是香鈴把燭火弄熄的？這怎麼可能呢？可是，燭火好端端的，卻接連熄滅，也說不過去，除非是有人故意的。

「雅人！」

香鈴紅著眼眶看向雅人。

「雅人，你會相信我吧？我根本不會做那種事啊。」

「香鈴……」

「美咲一定是因為受到很大的驚嚇，所以開始胡思亂想。你想想看，我有什麼理由，非殺死大家不可呢？」

聽到香鈴的辯解，從剛才就沉默不語的和彥開口了。
「因為，妳想和雅人一起自殺對吧？」
「跟我一起自殺？」
雅人的視線移向和彥。
「你是說，香鈴為了這個理由，所以把蠟燭弄熄？」
「是的，香鈴一直希望最後只剩下你和她兩個人，這樣就能夠和地方英雄一起成為悲劇的主角。」
「可、可是，香鈴怎麼會知道哪一根是我的蠟燭呢？不是已經被換過位置，哪一根蠟燭是誰的都不知道嗎？」
「看擺放蠟燭的碟子就知道了。她在勇雄把蠟燭的位置弄亂之前，先在碟子邊緣製造刮痕，這樣的話就能分辨出來。」
和彥走近桌邊，拿起桌上的銀碟子給雅人看。碟子邊緣，的確有一處像被刀子劃過的小刮痕。
「綾乃崩潰的時候，香鈴的手上不是拿著2根蠟燭嗎？那是你的蠟燭和她自己的。她要保護你們的蠟燭不會被綾乃吹熄。那個時候，第一個進入房間的人就是香鈴。」
「啊……」
「雅人，很遺憾，把燭火弄熄的人的確是香鈴沒錯。美咲來找我談過，我們決定一起採取行動，所以故意倒在房間的地板上假裝死去，結果聽到門後面傳來了笑聲。那是香鈴的笑聲。」

「香鈴的笑聲……」

雅人像機器人一樣，僵硬地轉過頭，看著香鈴。

昏暗的房間裡，香鈴的瞳孔散發出妖異的光芒。在眾人的注視下，緊閉的嘴唇終於開口了。

「哎呀，真是可惜。就差那麼一點呢。」

雅人瞪大了眼睛，體內的血液彷彿瞬間凝固，眼前的視野也開始扭曲。

「這麼說……真的是妳把蠟燭弄熄的嗎？香鈴。」

「沒錯。是我把綾乃逼瘋的，打開逃生門的人也是我。」

「香鈴！這是為什麼？妳為什麼要這麼做？」

「為什麼？這句話應該是我說才對吧。」

香鈴把手上的蠟燭，重新放回桌上的碟子。

「為什麼大家那麼想活下去？這個世界都已經變成血腥戰場了啊！」

「血腥戰場……？妳在說什麼？」

「就是那個意思。」

香鈴的嘴角浮現笑容，眼睛瞇成一條線。

「人類的歷史就是一部爭奪史。打從人類誕生至今，爭奪一直沒有停止。你們能想像，過去有多少人被殺死嗎？」

「雖然沒有算過，可是人類的歷史絕對不只有爭奪而已，也曾經有過和平共存的時期啊！」

「那只是發生在特定的地區而已。人類在地球上生存了幾萬年，還是無法消弭世界的爭端。這證明了人類是有缺陷的生物，應該由 CHILD 來管理。」

「由 CHILD 管理？香鈴，難道妳……」

「別弄錯了，我不是 CHILD。」

香鈴從口袋裡拿出一個小戒指，套在自己右手的無名指上。戒指表面刻著由三角形組合的圖案。

「我是背叛人類的人類。」

「那個戒指是再生的……？」

「沒錯，我是再生的信徒，而且還是幹部呢。」

「幹部？難道下達國王遊戲命令的人是妳嗎？」

「應該說……是我們。」

香鈴笑著說。

「握有可以操縱凱爾德病毒的奈米女王程式的人，除了我之外，還有2個人。在這次計畫中，我是最重要的角色。」

「最重要的角色？」

「沒錯。新型的凱爾德病毒，是從我體內產生的。」

「嗄？妳在說什麼？我們不是都施打了抗體嗎？體內不可能有殘存的病毒啊！」

「我沒有施打抗體。」

聽到香鈴這句話，雅人楞住了。

「這……這是不可能的！沒有施打抗體的高中生，應該全部都死了啊！」

「我也以為我死了，可是並沒有。我父母都被歹徒殺死，本來我也不想活了，可是……」

不知道是否想起雙親的緣故，香鈴的表情頓時哀傷了起來。

「我的曾祖父是中國人，母親有俄羅斯人的血統，或許是因為這種特殊混血的緣故，我的體內有不同於常人的基因。凱爾德病毒很可能是受到這種基因的影響產生突變。不過，這只是我的推測而已。」

香鈴撥了一下烏黑亮麗的長髮。

「不過，我現在認為，這一切都是命運。」

「命運？」

「是的。病毒為了生存，在我體內自行產生突變。這樣，身為宿主的我就可以躲過懲罰。」

「不可能的，這太離譜了！」

「病毒突變是常有的事。而且現在，用人為的力量也能辦得到。」

香鈴指著雅人，微笑著說。

「我的伙伴大量培養新型病毒，然後散播到北海道全境。我們潛伏在政府中樞的教友偷到了奈米女王，利用它展開新的國王遊戲。不過，這只是剛開始。」

「剛開始？」

「是的。北海道就像是座實驗室。實驗的最終目的，是讓全世界的人類都感染凱爾德病毒，然後由奈米女王管理。這一切都是為了增加CHILD的數量。」

「增加CHILD的數量？這話是什麼意思？」

「CHILD會藉由和人類性交，生下擁有那個人的知識和記憶的個體。最近，北海道境內不是發現許多沒有臟器的屍體嗎？那是因為，CHILD是從人體裡面掙脫出來的。嗯嗯，就像脫殼那樣。」

「你們根本是瘋了！」

「正確來說應該是，再生只是從旁協助罷了。」

「為了增加CHILD的數量，所以殺人？」

和彥大喊。

「妳知道，有多少人因為你們而死嗎？」

「這也是沒辦法的事，這麼做是為了打造一個永遠沒有爭端的世界。」

「這根本是不可能的事！」

「誰說不可能。只要世界是由CHILD管理就有可能。」

香鈴稍稍揚起嘴角說。

「CHILD是非常優秀的生物呢。不會老化、有好幾百年的壽命。更重要的是，因為彼此擁有共同的意識，所以不會發生爭端。」

「擁有共同的意識？CHILD有這種能力？」

「是的，就像凱爾德病毒那樣。之前的凱爾德病毒生出來的生物就是CHILD。也許就因為這樣，所以才會那麼像吧。」
雅人發出驚呼。
「嗄？凱爾德病毒生出CHILD？」
「是啊。說不定，生出比人類更高等的生物CHILD，就是凱爾德病毒的真正目的呢。」
「原來，CHILD和凱爾德病毒有關聯……」
「呵呵。這樣吧，我再告訴你們一個有趣的情報。」
看到微笑的香鈴，雅人不禁皺起眉頭。
「到底是什麼？要說就快點說。」
「你們知道，為什麼我們稱他們為CHILD嗎？」
「我們怎麼會知道。」
「那麼，我來告訴你們吧。CHILD其實是有原型的，就是那個原型生出CHILD。」
「原型？」
「原型就是工藤智久發生變化之後生下來的。」
雅人的身體抽動了一下。
「工藤智久，不是那個製造抗體的……」
「是啊，就是我們的救命恩人。」
「妳、妳別胡說了！工藤智久早就死了。」
「那是政府騙人的。智久不是沒有舉辦喪禮嗎？照理說，就算舉辦國葬都不為過，可是他卻無聲無息地消失了。」

「屍體……消失了？」

「正確來說，那根本不是屍體。」

香鈴舔舔嘴唇，繼續說。

「智久身為人類的生命終結之後，就變成了第三性的生物。不過之後發生的事，我也不清楚。」

「怎、怎麼會有這麼離譜的事……」

雅人握著拳頭，不停地發抖，聲音沙啞地喃喃自語道。

【9月20日（星期一）晚間11點2分】

這個時候香鈴放在短褲口袋裡的手機傳出震動。香鈴從口袋拿出智慧型手機，她看著畫面，露出詭異的笑容。

「喔，警察還真厲害，竟然可以找出我們幹部的藏身之地。」

「幹部的藏身之地？」

「是啊。我們再生教團一直躲在和教友無關的民宅呢。」

香鈴一面操作手機，一面回答。

「照理說，應該要有搜索票才行。看樣子，這次警察是用硬闖的了。雖然知道遲早會被發現，可是沒想到會這麼快。」

「那麼，下一次的國王遊戲無法進行了吧？」

「……是啊。輸入了奈米女王程式的電腦，大概會被沒收吧。再這樣下去的話，國王遊戲就玩完了。」

「再這樣下去？這什麼意思？」

聽到雅人這麼問，香鈴嘆了一口氣。

「也許，這也是命運吧。」

「命運？妳在說什麼？」

「我本來打算死在這裡，因為我的任務已經結束了。可是，現在既然其他的幹部被抓走，那就由不得我了。因為我必須讓國王遊戲繼續下去。」
「讓國王遊戲繼續下去？」
「嗯，其實，我們還有別台輸入了奈米女王程式的電腦，就藏在札幌市區的某處。」
「香鈴……住手吧，別再興風作浪了。」
「那怎麼行。為了打造一個由CHILD管理的世界，就必須讓國王遊戲繼續下去。」
「為什麼？為什麼妳就是不相信人類呢？」
雅人抓著香鈴的肩膀，不停地搖晃。
「的確，人類是有很多缺點。可是也有很多優點啊？或許現在不可能，可是將來人類一定可以創造出不再你爭我奪的世界。」
「哼，你對人類這麼有信心嗎？」
「那是當然的！因為我就是人類。」
「既然這樣，那我告訴你吧。人類根本就是愚昧、自私自利的生物。」
香鈴說完，轉身往房門的方向走去。美咲張開雙手，擋住她的去路。
「妳以為妳說了這些之後，我們還會放妳走嗎？」
美咲哀傷地看著香鈴。
「很抱歉，我們必須把妳交給警方。我們不會讓國王遊戲繼續下去的！」
「我想，你們是阻擋不了的。美咲，妳是不是還沒搞懂情況？」
香鈴笑笑，指著走廊說。所有人都朝她指的方向看去。光線昏暗的走廊正冒著白煙。

「失、失火了？」

雅人往走廊奔去。樓梯那邊像起霧一樣，瀰漫著白煙。

「妳做了什麼？」

「我傳簡訊給我的伙伴，叫他們放火燒了這間民宿。這場遊戲已經玩完了。」

「遊戲？」

「反正到最後，大部分的人都會死，所以也沒什麼差別吧。再說……」

香鈴看著雅人說。

「我本來很想跟你一起度過最後的這段時間呢。」

「竟然為了這種事，而要殺死同學！簡直是荒謬至極！」

「每個人的看法不同。你這個人只會考慮眼前的事。這樣的話，真正的和平是永遠不會到來的。」

此時，和彥催促著正和香鈴怒視彼此的雅人。

「雅人，快逃吧，情況很緊急。」

「可是……」

「逃命要緊，先別管那傢伙了！」

「好、好吧。」

雅人轉身撇開香鈴，跟著和彥、美咲一起在煙霧瀰漫的走廊跑著。當他們下了樓梯時，發現一樓已經陷入一片火海。用木板釘死的窗戶不斷竄出橙黃色火焰，火舌沿著牆壁蔓延，把天花板都燻黑了。

「快點！雅人、美咲！」

和彥跑在前頭，在濃煙密布的走廊奔馳，雅人和美咲也緊跟在後。一打開餐廳的門，熱風立即衝向雅人的皮膚。在視線的前方，玄關的門也被橙黃色的火焰團團包圍了。

「可……可惡！」

雅人扭曲著臉，試著找其他的出口。可是到處都是火，根本逃不出去。

他下意識地握住身旁的美咲的手。

「可惡！難道沒有其他地方可以逃了嗎？」

「現在已經沒時間去找了。」

和彥一面大叫，一面把身體壓低。

「我來想辦法！」

「想辦法？你要怎麼做？」

「看了就知道。」

說完，和彥朝被火焰包圍的玄關跑去。在沒有減速的情況下，用肩膀撞門。一陣橙黃色火花噴出後，被燒得焦黑的門帕啦帕啦地坍落。

「好！美咲！這邊！」

雅人抓起美咲的手，往沒有門的玄關跑去，一直衝到外面。瞬間，玄關上面的部分崩落，燃燒中的木材堵住了出口。

「得……得救了嗎……」

雅人調整紊亂的呼吸，看著熊熊燃燒中的民宿。火焰從2樓的窗戶竄出，屋頂不斷冒出白煙。雅人感覺身上的衣服像是快要燒起來一樣燙人，於是本能地往後退避。

「咲……妳沒事吧？」

「嗯，我沒事。」

旁邊的美咲看著雅人的臉說。

「咦？怎麼了？」

「咲……你剛才叫我咲呢。」

「啊……」

雅人嘴巴一開一合地動著。

「對、對不起，我很自然地就脫口而出……」

「哈哈哈，沒關係啦，以後，直接叫我咲就好了。」

「咦？真、真的可以嗎？」

「當然啊。我們不是男女朋友嗎？」

「咲……」

和彥敲了敲彼此凝視的兩人肩膀。

「你們還有心情耍浪漫啊，虧我拼了命殺出一條生路，你們居然把我這個救命恩人晾在一邊。」

「啊！和彥！謝謝你救了我們！」

雅人向被煤炭沾得全身髒污的和彥低頭致謝。

「要不是你，我們可能就被燒死在裡面了。」

「呵……知道就好。想謝我的話，就拿現金來。」

看到和彥擺出一副戲謔的態度，美咲和雅人忍不住笑出來。

這時，雅人發現香鈴正往白樺森林的深處跑去。

「香鈴……是香鈴！和彥！美咲就麻煩你了！」

雅人也往白樺森林跑去。雖然和彥與美咲在背後不停呼喚，可是雅人依然頭也不回地往前奔跑。

——絕不能讓香鈴逃走，否則國王遊戲又會繼續！一定要抓到她不可！

在月光的指引下，雅人追著香鈴的背影而去。

雅人撥開跟人一樣高的草叢之後，看到了高掛夜空的月亮。在淡淡的月光照射下，一輛四輪驅動的吉普車停在沒有鋪設柏油的道路上。香鈴就站在車子的前方。

聽到雅人的叫喚，香鈴搖擺著一頭黑色長髮，轉過頭。

「沒想到你還能追到裡呢，雅人，原來你這麼熱情啊。」

香鈴發出像是風鈴般的笑聲。

「怎麼樣？決定要當我的盟友了嗎？」

「別開玩笑了！我是來阻止妳的！」

雅人一步步走向香鈴。

「我不會讓國王遊戲繼續下去的。」

「真是可惜啊。就憑你，是阻擋不了我的。」

「就算拼了命我也要阻止妳。我們都是人類，男生的力氣比女生大多了。」

「哈哈哈，能被我最愛的雅人壓制，那是多麼浪漫的事啊。」

香鈴說話的同時，吉普車後座的門打開了。裡面走出一個年約12、13歲的少年。在看到他的臉的瞬間，雅人屏住了呼吸。

——難道他是……不、不可能啊……可是，真的長得好像……

雅人張著嘴，出神地看著少年的臉。

「……難道是……那由他？」

雅人喃喃自語地說。

少年有著中性化的長相，身上穿著素面的黑色T恤和黑色長褲。下垂的雙手好像透明似地細瘦白皙。少年面無表情地站在香鈴身邊，用一種像是在看昆蟲的眼神盯著雅人。雅人的身體不由得打了一個冷顫。

看到雅人的眼睛，眨也不眨地盯著少年，香鈴露出滿足的微笑。

「我來介紹吧，他叫做霧原那由他。啊、當然，那是他還是人類時的名字。現在他是CHILD，而且是最厲害的 CHILD……」

「果然是那由他！」

「咦？雅人，你認識那由他？」

香鈴詫異地來回看著雅人和那由他。

「那由他在上中學之前，一直住在我家附近。因為他想進體育明星學校，所以小學一畢業就搬家了……他跟我一樣都是獨生子，所以一直把我當成哥哥看待，我們每天都會一起去附近的森林或是溪邊玩耍……」

雅人看著那由他的臉說。

「哎呀，真巧。這樣的話，倒是省了我不少麻煩呢。」

香鈴站在那由他的旁邊說。

「如果是小時候就轉生為CHILD的話，體能和再生能力都會比較強。而且就如你所知道的，那由他擅長體操，運動神經絕佳，是眾人期盼的金牌熱門人選。」

香鈴輕輕地撫摸著那由他柔軟的頭髮。

「你也看到了，他的身材並不高大。」

那由他不發一語地站著。看不出任情感的金色瞳孔，讓雅人感到不寒而慄。

「那、那由他，你、你真的是CHILD嗎？」

「沒用的。」

香鈴代替那由他回答。

「那由他可以聽見你說話，不過感覺不到談話的必要性。」

「香鈴小姐。」

突然，吉普車的駕駛座傳出男人的聲音。

「請快一點，警察的動作比我們預料的要快。」

「好好，我知道了。」

香鈴把手放在吉普車門上，看向雅人。

「對不起，雅人，雖然我還想多聊一會兒，不過很可惜，我有急事要辦。」

「等、等等！妳休想逃走！」

就在雅人伸手想抓住香鈴肩膀的瞬間，那由他出手了。砰的一聲巨響後，雅人的身體往後彈飛了約10公尺。

「嘎啊……」

感覺就像被高速的保齡球正面撞擊一般，雅人的臉因為腹部的劇烈疼痛而糾結在一起。

——這、這是怎麼回事？好強大的力量。他只是輕輕碰一下而已啊。之前交手的那幾隻CHILD，根本沒有這麼大的力氣。

雅人在地上痛苦地爬著，他抬起臉，看到那由他和香鈴一起坐進吉普車裡。

「香……香鈴！」

雅人搖搖晃晃地站起身，朝吉普車的方向走去。吉普車發出引擎聲，往沒有鋪設柏油的山路駛去。

雅人的身體不停地顫抖，從頸項滑落的冷汗濕透了T恤。

「怎麼會這樣呢……」
眼前的光景實在太令人難以置信了。
「到底發生了什麼事啊？」
沒有人回答雅人的問題，只有四周的樹林傳出陣陣的蟲鳴。

雅人回到還在燃燒中的民宿，和彥、美咲也鬆了一口氣地朝他跑來。
「雅人，怎麼這麼晚才回來，我好擔心喔！」
看到全身沾滿泥巴的雅人，和彥皺起眉頭。
「啊，你、你受傷了？」
「我的傷不要緊。可是，讓香鈴逃走了。」
雅人緊握著拳頭說。
「她的同夥早就開著車子，等著接她了。」
「同夥？你說的同夥是指再生的信徒嗎？」
「是的，而且還有CHILD……」
雅人咬緊牙關，抬頭看著被火焰吞噬的民宿。房子已經燒掉一大半，屋頂也開始傾斜崩塌。
「啊……蠟燭怎麼樣了？」
「已經燒光了吧。」
美咲回答。

「可是，我們還活著耶。我想，只要房子繼續燃燒，我們應該就會沒事。」

「也就是說，燭火移到了民宿對吧？」

「嗯。所以，要是民宿的火熄滅的話，我們就糟了。」

「說得也是。那……現在幾點了？」

「11點30分。」

美咲看著手機的螢幕回答。

「還剩下30鐘。如果房子繼續燒下去的話，應該可以過關吧。」

「剩這麼一點時間，我看是沒問題了，而且火燒得這麼旺。」

火勢發出啪嘰啪嘰的聲音，把四周照耀得一片橘紅。看來，短時間之內火是不會熄滅了。

「總之，12點之前我們都待在這裡吧。萬一出了什麼事，火因此熄滅的話，一切就白費了。」

對於雅人的建議，和彥與美咲用力點頭贊成。

第3章

命令3

9/21 [TUE] AM 00:14

【9月21日（星期二）午夜0點14分】

包圍民宿的火焰越來越小，被燒成焦炭的柱子發出碎裂的聲響後開始崩落。橘紅色的火星朝四周飛濺，雅人腳邊的草坪也被燒得一片焦黑。他看了一眼手上的智慧型手機螢幕，呼地鬆了一口氣。

「總算平安過關了。」

「是啊。已經超過15分鐘了。」

美咲偷看雅人的智慧型手機說。

「話說回來，要把火弄熄還真是不容易耶。」

「是啊。不過，也許全部燒了反而比較好……」

雅人咬著嘴唇，看著搖曳的光影這麼說。

——武、博史、里奈、綾乃……京介、源藏先生……

死去伙伴們的臉，一一浮現在腦海。

「那接下來該怎麼辦呢？」

美咲悄悄地把身體挨向雅人。

「下一個命令好像沒有下來，我們也已經能移動了。」

「聽說傳送國王遊戲簡訊的再生幹部落網了。我想，今天應該不會有什麼事才對。不過，等香鈴找到奈米女王之後，問題就麻煩了。」

「香鈴……真的會發出命令嗎？」

「應該……會吧。」

雅人喃喃地說，和彥忍不住咋舌。

「那個人真的很危險。她的腦筋已經不正常了。」

「或許是因為她父母遭到歹徒殺害的緣故，讓她對人類統治的世界感到絕望，所以才會轉而向怪異的宗教尋求慰藉吧。」

「香鈴的遭遇固然值得同情，可是打從3個月前爆發國王遊戲之後，就有成千上萬的人死去。有些人雖然家破人亡，卻還是好好地活著，這樣的人很多啊！」

「可是……」

和彥用力抓著沉默不語的雅人的肩膀。

「雅人，難道你同情香鈴嗎？那傢伙殺了博史他們，我們也差一點死在她手裡耶。」

「我知道。可是，只要能夠說服香鈴的話，國王遊戲就會結束了。」

「能夠說服得了當然是最好的。可是看她那個樣子，我看是白費力氣吧。」

和彥嘆了一口氣，抓著頭說。

「我知道你是好好先生。問題是，香鈴沒救了，她已經跨越那條線了。」

「跨越……那條線？」

「是的，就算不是她親自動手，可是還是有人因她而死。勇雄被殺，或許可以說是他咎由自取。可是，還有更多人因為國王遊戲斷送了性命，而發出命令的就是那個叫再生的組織，香鈴正是那個組織的幹部啊！」

「你說的也沒錯……」

「不要再對她抱有期待了。香鈴現在是我們的敵人。」

「敵人……」

雅人眉宇深鎖，嘴唇抿成了一直線。

雅人等人走在柏油路上，一路往山下的市區前進。和彥一邊揮動著從附近民宅裡找到的手電筒一邊說：

「喂，雅人，用走的實在太慢了。」

「這種事不用你說我也知道。」

雅人這麼回答，眼睛卻沒有從智慧型手機的畫面移開。

「可是，用開車的更麻煩。公路上塞了一堆故障的車子。」

「那香鈴是怎麼逃出去的？」

「她是搭吉普車。那種車就算不是在柏油路上，還是可以行駛。」

「那我們去弄一輛吉普車來不就好了？」

「嗯，如果能弄到的話，當然是再好不過了。」

雅人抬起臉。在前方不遠處，有3輛車子擋在路上。車子的擋風玻璃都是血，雅人看到這一幕，臉色大變。

「難道又有人死了嗎？」

走在後面的美咲驚恐地低語。

「剛才我看到了死去的嬰兒……」

「我們不要再往車裡看了，就算看了，也無能為力啊。」

「嗯……說得也是。」

「快走吧！我們要想辦法，盡快把香鈴的事情通知警方。」

雅人一行人沿著車陣中的縫隙，摸索前進。微弱的月光，照出了陳屍在破損車內的人體。擋風玻璃的破洞，也不時傳來飛蠅嗡嗡嗡的振翅聲。

腐肉的臭味，讓雅人忍不住別開了臉。

「唔……可惡！」

和彥在背後叫喊。

「我不想再看到屍體啦！」

「我們也不想看，可是……」

「可是什麼？」

「事情恐怕無法讓我們如願。」

看著橫倒在前方幾十公尺的大卡車，雅人緊咬著牙關說。

【9月21日（星期二）清晨6點11分】

就在東方的天空逐漸泛白的時候，雅人一行人總算來到山下的一家便利商店。便利商店的店門還開著。

「終於看到便利商店啦，先買果汁來喝吧！」

和彥心情輕鬆地走進便利商店，雅人和美咲跟在他後面。

便利商店裡一個人也沒有，架子上的商品幾乎被清掃一空，只剩下零星的生活雜貨。

「啊……可惡，飲料都被拿光了嗎？」

望著空蕩蕩的架子，和彥懊惱地咋舌。

「雖然吃不下東西，可是很想喝飲料。」

「大概都被倖存的人掃光了吧？」

雅人把架子上剩下的3號乾電池放進購物籃裡。

「只好認命了。不過，還是拿些電池吧。手機需要充電。」

「是啊，要是命令傳來時，手機沒電就糟糕了。」

「沒錯，不知道命令的內容也可能會死。聽說，就算不知道國王遊戲的命令，還是會受到懲罰。」

「我記得，凱爾德病毒好像會互相分享資訊。之前NHK的新聞有播過。」

「嗯，所以就算本人不知道命令，也會受到懲罰。總之，不知道命令真的很不妙，會在不知情的狀況下，莫名其妙受懲罰而死。」
「要是警察能抓到香鈴就好了。這樣的話，就不會收到下一道命令，我們也能專心對付CHILD。」
「光是對付 CHILD 就讓人很頭痛了。說不定他們現在正躲在什麼地方……」
「他們會擬態成人類，所以一定要很小心。也不知道這是幸還是不幸，這附近好像連個人影都沒看到呢。」
「大概都跑去避難了吧。」
突然，蹲在地上的美咲「啊」地叫了一聲。
「咦？怎麼了？」
「發現了，雅人！」
美咲笑瞇瞇的，把紅豆麵包拿給雅人。
「掉到架子下面了。雖然有點過期，不過還是可以吃吧。」
「是啊，今天都沒吃到東西呢。」
紅豆麵包的包裝袋只沾了一些灰塵，並沒有破損，應該沒問題。
「好！美咲、和彥，你們分著吃吧。在這個時候，一定要填飽肚子才行。」
「喂，別說傻話了。」
和彥皺起粗厚的眉毛。
「要吃，當然是大家一起吃，雅人你也要吃。」

「不，我不用吃啦，麵包那麼小一塊。」
「不管是一塊小麵包，還是一片小餅乾，我們都要平分。美咲，妳也同意吧？」
「當然，我們3個一起吃。」
美咲「嗯、嗯」地點頭。
「我們可是志工隊的好伙伴啊。」
「說得沒錯。來，趕快分來吃吧，雅人。」
聽到和彥與美咲的話，雅人不禁紅了眼眶。
雅人他們把便利商店的櫃檯當成臨時的桌子，三人分吃著一小塊紅豆麵包，拿紙杯裝水喝。吃完後把錢放在櫃檯，然後離開便利商店。
「幸好自來水沒有停。」
和彥隔著T恤，摸摸肚子說。
「好久沒有喝到水了。」
「你可別因為喝太多而鬧肚子了，現在可是沒辦法送你去醫院喔。」
帶頭走在前面的雅人皺起眉頭說。
「要是這時候生病的話，真的很傷腦筋。」
「知道啦。不要擔心我的肚子了，還是趕路要緊。我們不是要把香鈴的事情告訴警方嗎？」
「是啊。要是可以打電話就輕鬆多了。可是現在簡訊傳不出去，也辦法留言。」

「電信公司是不是停擺啦？」

「該不會是被再生或是CHILD佔據了吧。不然國王遊戲的命令怎麼會傳到我們的手機？」

——現在，還沒落網的再生幹部就只剩下香鈴了。只要抓到她的話，警察和自衛隊就不需要顧慮國王遊戲，可以自由行動了。這麼一來，就有機會消滅CHILD……

在通過一個平緩的彎道時，雅人的思緒停止了。

他看到矗立在眼前的好幾棟建築物都著了火。一排排的民宅陷入火海，緊鄰的大樓牆壁也被燻得焦黑。大樓因為發生大火的緣故，幾乎所有的玻璃都碎裂了。

好幾十輛車子撞在一起，其中幾輛可能因為著火，外表全變了色，路上也躺了好幾具屍體。看到這幕景象，美咲不禁臉色發白。

「好悽慘……死了好多人……」

「天啊，這可不是開玩笑的，少說也死了好幾百人吧。」

和彥沙啞地呢喃著。

「怎麼辦？雅人？我們還要進去市區嗎？」

雅人沒有回答和彥的問題，只是呆然地望著變成廢墟的市區。雖然之前就已經預料到會變成這樣，可是親眼目睹這些景象，體內的血液還是感覺越來越冷。

——大樓裡面一定也死了很多人。我看少說有好幾千人吧……。雖然市區裡面可能躲著CHILD，可是想回札幌的話，就必須通過這個市區才行。

雅人嚴肅地觀察周邊的情況。

「……我們沿著河邊走吧。這樣就不會被困在火海中了。」

雅人沿著河川的道路，一面警戒一面前進。岸邊躺了好幾十具斷了頭的屍體，他們是為了躲避火災逃到河邊，卻受到國王遊戲的懲罰而死的嗎？還有穿著半短褲的小孩屍體在河面上漂流，雅人看了不禁皺起眉頭。

「連那麼小的孩子，都要遭受懲罰嗎？」

「可惡！實在太殘忍了！」

跟在後面的和彥大喊。

「大家都死了嗎？為什麼連一個活人都沒看到？」

「可能是跑去哪裡避難了吧。現在已經可以自由行動了，不過……」

「不過什麼？」

「如果是被困在火海中的話……」

雅人停下腳步，抬頭看著河川沿岸還在燃燒中的民宅。的確，因為大火受困而無法逃命的可能性相當高。

「喂、雅人，你是不是又在想什麼奇怪的事？」

「……」

和彥抓著沉默不語的雅人的手臂。

「現在最重要的，就是把香鈴的消息告訴警方。」

「我知道，可是我……」

雅人抬頭往上看，公寓民宅內的窗戶好像有影子在動。

「咦……」

他停下腳步，看著竄出濃煙的窗戶。那裡好像站著一名身材嬌小的女孩。

「喂！雅人，你要去哪裡？」

「小孩……有小孩困在那裡了！」

雅人大喊，衝向公寓的樓梯。

「必須快點把她救出來！」

「唔！我話都還沒說完，就發生這種事！」

和彥咋了舌，跟著雅人衝上樓梯。

「不要太逞強！要是你死了，一切就沒有意義了。」

「就算逞強，也要把人救出來啊！」

雅人轉動小女孩所在的那個房間的門把。可是門上了鎖，打不開。

「不行嗎？既然這樣！」

雅人右手握起拳頭，擊破房門旁邊的一扇小玻璃窗。玻璃「鏗」的一聲應聲碎裂，然後他打開門鎖，進到房間裡面。

房間裡早已煙霧瀰漫，雅人摀著嘴往裡面走去，發現一名倒在地上的中年婦女。婦女的脖子呈直角折斷，一眼就看出早已斷氣。

「可惡……是因為國王的懲罰嗎……」

再往更裡面的房間走去，一名身穿白色連身洋裝的小女孩就站在那裡。她看到雅人，張開小小的嘴說：

「哥哥……你是誰？」

「別管我是誰了！失火了，妳為什麼不逃走呢！」

「因為媽媽說，不可以離開家裡……」

淚水從小女孩的眼眶流下。

「媽媽燒樹木的火熄掉了，然後，媽媽的脖子就斷了……」

「媽媽？是指隔壁房間死掉的那個女人嗎？」

「媽媽……是不是死了？她的脖子治不好了嗎？」

聽到小女孩這麼問，雅人皺起眉頭。這時，門外傳來和彥大喊「快點」的聲音。

「總、總之，我們先出去再說吧！」

「媽媽呢？帶媽媽一起走好不好？」

「妳媽媽她……已經死了，哥哥沒辦法帶她走了。」

「那莉莉佳也要留在這裡。」

「莉莉佳？莉莉佳是妳的名字嗎？」

「嗯嗯，我叫前田莉莉佳。7歲。」

莉莉佳帶著稚嫩的娃娃音這麼回答。

「茉莉花的莉，佳音的佳。」
「是嗎？莉莉佳，妳聽好，妳的媽媽已經到天國去了，所以我們沒辦法帶她走。」
「可是，莉莉佳想跟媽媽在一起。」
「……對不起，莉莉佳，沒有時間了。」
雅人抱起莉莉佳的身體在煙霧中奔跑。打開門往外衝時，看到和彥正一臉焦急地等待著。
「你在做什麼？情況很危急耶！」
和彥的身體幾乎被白煙團團包圍，眼看火勢越燒越猛烈了。
「我們快逃出去吧，快點！」
「好，我知道了。」
雅人抱著莉莉佳，跟在和彥後面跑下樓梯。就在踏出公寓的同時，剛才所在的那個房間窗戶也噴出了火焰。
看到這幕光景的雅人，抱著莉莉佳坐在路上。
「真是千鈞一髮……」
「剛才實在太驚險了。」
和彥一面喘氣，一面伸手去搔雅人的頭。
「你在行動前也要想一下吧！你沒看到美咲在哭嗎？」
「咦？美咲？」
美咲跑到雅人的身邊，擦拭著哭紅的雙眼。

「才、才不是，人家是被煙醺的啦。」

「不用找藉口了，你們兩個不是男女朋友嗎？」

「和彥，你很討厭耶！」

美咲的拳頭咚咚咚地敲打著和彥的胸膛。

「先別說這個了，那個小女孩沒事吧？」

「嗯，沒事。她的名字好像叫莉莉佳。」

雅人放下莉莉佳。莉莉佳站在原地，看著被火焰吞噬的公寓，眼睛睜得大大的。

「媽媽……」

聽到莉莉佳的呼喚，雅人感到胸口一陣痛楚。他從後面抱著莉莉佳，不停地向她說抱歉。

【9月21日（星期二）傍晚5點58分】

就在橘紅色的夕陽即將沒入西邊的山頭時，雅人一行人來到郊外一所中學前面。堆積在校園裡面的大量木材，也在冒著白煙。

看到教室裡面有人影來回走動，雅人的眼睛突然間亮了起來。

「有人！那裡有人！」

雅人一行人互相看著彼此，笑著從校門鑽過去。在教室玄關前面聚集了好幾名男女，雅人朝他們揮揮手，跑了過去。

「請問，你們是市區的人嗎？」

「咦？你們是……」

站在最前面的中年男子，看著雅人這麼問道：

「咦？你是宮內同學對吧？宮內雅人同學？」

「啊……是的。」

「果然是你！我們在電視上看過你好幾次呢。」

中年男子笑著拍拍雅人的肩膀說道：

「我是這所學校的校長秋山清明。」

「您是校長？」

「是的，現在我負責管理這個避難所。」

秋山鬆開直條紋的領帶，露出雪白的牙齒這麼回答。

「對了，我來介紹。這位是在本校教書的御木本老師和篠原老師。他們兩個負責支援我。」

「我叫御木本明人。太好了，我們正好缺人手呢。」

「我叫篠原明日香，是英語老師。可是到現在，一直沒幫上什麼忙。」

他們兩個同時向雅人一行人禮貌性地點點頭。

秋山摸著冒出鬍渣的下巴說道：

「你們怎麼會在這裡？北海道的『失落的世代』不是被集合到札幌了嗎？」

「我們是來遊樂部岳旅行的。」

「啊，對喔，因為有3天的連假。真是的，我都忘了呢。」

秋山滿臉疲憊地搖搖頭說。

「這兩天簡直就像掉進地獄裡一樣。在第一道命令中，不少正在開車的人都死了。還有許多不知道命令、或是不相信命令的人也死了。之後又發生CHILD攻擊事件，市區的一切機能全都停擺了。」

「難道不能迎戰嗎？」

「迎戰？連移動100公尺都不行，要怎麼迎戰？那是不可能的。而且CHILD專門以集體的方式攻擊落單的人。很多人就是在逃命的時候，受到懲罰而死的。」

「集體？CHILD的數量有那麼多嗎？」

「光是這個區域就有100隻以上吧。他們會擬態成我們所認識的人，面帶笑容地打招呼，我們根本分不出他們是不是CHILD。」
秋山校長一臉愁容地眺望著還在燃燒中的市區。
「情況已經夠混亂了，偏偏又有新的命令，說要讓火持續燃燒。就因為這樣，市區才會陷入火海。存活下來的人陷入恐慌，才會到處點火燃燒。」
「所以，火勢才會一發不可收拾對吧？」
「是啊。看這情況，死於火災的人數還比較多呢。雖然現在情況稍微穩定下來，可是直到昨天為止，整個市區到處都在燃燒。」
「原來如此……」
「是啊，我們能活下來，真的是謝天謝地呢。」
「那麼，有多少人來這裡避難呢？」
「大約50個人吧。」
聽到雅人這麼問，站在秋山校長後面的御木本一面回答，一面用手指壓著眼鏡的中央。
「在你們出現之前，已經有幾個人跑來避難了。不過我們還沒做好名單。」
「只有……50個人嗎？」
「其他人可能跑去別的避難所了吧。」
御木本緊閉著眼睛說。
「幸好，現在沒有收到新的國王遊戲命令。CHILD離開之後，來這裡避難的人會更多吧。」
「咦？CHILD離開了嗎？」

「從昨天晚上就不見了。很可能是轉移陣地，集體跑去更大的都市了吧。」
「從昨天晚上……？」
「嗯，不過還是不能掉以輕心。我們來這裡，就是在圍地盤自保。」
御木本的視線移向校舍1樓用木板釘住的窗戶。
「雖然不知道能發揮多大的效用，不過一旦遭到集體攻擊，至少可以擋一陣子。現在，有你們這些不怕CHILD毒性的高中生來助陣，就更安全了。」
「啊、可是，我們有事情必須通知警察。」
「通知警察？」
「是的。你們這裡有沒有警察？或是自衛隊的人？」
御木本搖搖頭回答道：
「警察署就是CHILD首要的攻擊目標。我想，很可能已經全軍覆沒了。」
「全軍覆沒……」
「總之，雖然暫時沒有發現CHILD，可是，入夜之後在外面走動還是很危險。誰知道他們是不是躲在什麼地方。今天晚上你們就住下來吧。」
御木本的右手輕輕地放在雅人的肩膀上這麼說。

【9月21日（星期二）晚間10點40分】

「看樣子，CHILD好像停止攻擊了。」

和彥從4樓的窗戶向外張望，還大大地伸了一個懶腰。

「今天晚上應該可以好好補眠了。」

「是啊。而且吃的東西也不成問題。」

雅人拿著手電筒，照著桌子上的瓶裝水和零食。

「其實，我真的很希望能早點通知警方。」

「這也是沒辦法的事。御木本老師不是說了嗎？晚上外出很危險，而且我們都沒睡覺呢。」

「是啊。雖然只是稍微休息一下，不過精神恢復了不少呢。」

「可是一醒來，馬上就要站崗。」

「這是我們這些年輕人應該做的不是嗎？」

「話是沒錯啦，可是CHILD來襲的時候，我們得站在最前線迎戰，所以應該好好休息，不需要站崗。」

「秋山校長是有這麼說過啦，可是我婉拒了。」

「你婉拒了？」

和彥喪氣地垂下肩膀。

「為什麼要婉拒呢？我本來還在想，終於有機會可以好好休息了呢。」

「這點小事有什麼關係，又不是什麼粗重的工作。」

「可是，我還是無法釋懷。為什麼毒性對我們起不了作用，就得站在最前線？照理說，真正遭到攻擊的話，不管有沒有毒性，我們都會死吧？而且，CHILD的力氣比我們大得多，智商又跟人類不相上下，還會使用武器耶。」

和彥邊說邊拿著手電筒轉動著。

「這樣的話，我們的死亡率比較高耶。」

「就算是這樣，也總比讓其他人站在前線好吧？再說，只要在這裡好好表現的話，還有機會一夕成名，當國民英雄喔。」

「當英雄？聽起來是很不錯啦，可惜我不適合。」

「我也不適合。可是，既然是我們能做的事，總不好不做吧？」

雅人從椅子上站起來。

「好，我要去巡邏了。和彥，你也要好好站崗喔。」

「是是是，地方英雄大人。」

和彥向雅人做了一個敬禮的姿勢。

雅人來到2樓時，剛好聽到有機車呼嘯而過的引擎聲。走廊的前方放著幾台紅色的發電機，有3間教室的燈是亮著的。教室分成男生專用、女生專用，還有男女生共用，避難的人就住在這幾間教室裡面。

男女共用的教室住著幾十名男女，各個年齡層都有，感覺就像大家族一樣。站在窗邊的莉莉佳看到雅人，立刻跑上前。

「雅人哥哥！」

「啊！莉莉佳，妳還沒睡啊？」

雅人笑著抱起莉莉佳。

「已經11點了，不趕快睡覺不行喔。」

「可是，人家睡不著嘛。」

莉莉佳用頭頂著雅人的臉頰，一邊轉一邊磨蹭著。

「莉莉佳想要和雅人哥哥一起睡。」

「嗯，可是，哥哥還要去巡邏呢！啊、對了，妳跟美咲姊姊一起睡吧。」

「美咲姊姊去照顧受傷的人了。」

「啊……這麼說，她不在這裡嗎？」

雅人放下莉莉佳，在教室裡東張西望。

「嗯，那這樣好了，哥哥想睡覺的時候，就睡在莉莉佳旁邊好嗎？」

「真的嗎？那我們勾勾手。」

「勾、勾勾手？」

「嗯，勾勾手，蓋印章。」

莉莉佳用小指勾著雅人的小指，精神飽滿地搖著手臂唸道：

「說謊的人要吞一千根針喔。」
「好，就這麼說定了。」
雅人摸摸莉莉佳的頭說。看著一臉幸福的莉莉佳，雅人不禁笑了。
他記得把莉莉佳從那間公寓救出來時，還哭得淚流滿面，所以看到她現在開心的樣子，雅人感到非常欣慰。
『莉莉佳哭的話，天國的媽媽也會傷心喔。』
聽到雅人這麼說，莉莉佳於是忍住眼淚不再哭泣，小小的身軀抽搐著，嘴也抿成一條線。看到這樣的莉莉佳，雅人忍不住紅了眼眶。
「啊、對了。」
突然間，莉莉佳的手伸進洋裝的口袋裡摸索。
「這個給你，雅人哥哥。」
莉莉佳把兩顆糖放在雅人的手心上。
「我把草莓口味的送給美咲姊姊了。雅人哥哥的是檸檬口味，和彥哥哥的是哈密瓜口味。」
「妳有糖果可以吃啊？」
「嗯，只有小孩子才有喔。」
莉莉佳把嘴巴靠近雅人的耳邊，小聲地說。
「我只有送給哥哥你們，千萬不要跟別人說喔。」
「哈哈哈，謝謝妳，莉莉佳。我會拿給和彥哥哥的。」

雅人笑著把糖果放進自己的口袋裡。

「雅人，你現在有時間嗎……？」

御木本走向剛才和莉莉佳說話的雅人，這麼說道：

「剛剛廣播已經說了。」

「是不是有新的消息了？」

「警方正在搜索你們之前說的冰室香鈴。」

「咦？這麼說，他們已經查出香鈴是幹部了嗎？」

「好像是吧，網站上面還有公開她的大頭照。不過，能看到網站的人應該不多。」

御木本從口袋裡拿出智慧型手機。

「我的手機已經無法連線跟收簡訊了。基地台可能出了什麼問題吧。你的手機怎麼樣？」

「啊。我剛才看過了，有些網站還連得上，不過無法收發簡訊。」

「是嗎？大概是電信公司不同的緣故吧。不過，如果有人的手機可以和附近聯繫的話，我們應該就不會因為沒收到命令而遭受懲罰了。」

「是啊，就算是不會用手機的人，也可以知道國王遊戲的命令內容。所以說，還是要集體行動比較保險。」

「沒錯，凱爾德病毒似乎發生了突變，不過能力好像和之前差不多。就是共享資訊與恐懼感，自己會懲罰自己的身體。這種病毒真的很恐怖呢。」

「御木本老師，你對凱爾德病毒好像了解得很透徹呢。」

「是的，我是中學理科老師。之前曾經和幾名對生物學有興趣的同好研究過。」

御木本眼鏡後面的眼睛瞇成小小的。

「我本來以為凱爾德病毒已經絕跡了呢。」

「御木本老師，有沒有方法可以把突變的凱爾德病毒，趕出我們的身體啊？」

「截至目前還沒有這方面的訊息。就算有，在這樣的情況下，執行上還是有很大的困難。再說，之前的抗體好像也沒有什麼效果。」

「是嗎……」

「不過，突變的病毒似乎可以利用電腦程式來控制，所以只要能改寫程式，就有可能阻止命令的發布。」

「程式……你是指奈米女王嗎？」

「好像是叫這個名字沒錯。奈米女王是藉由電子訊號，透過採樣而來的凱爾德病毒傳達命令。這次應該也一樣吧。凱爾德病毒之間就算距離再遙遠，還是可以共享資訊。所以，接收到命令的病毒會在瞬間把命令傳達給其他病毒，然後利用病毒本身的能力來殺人，所以是最可怕的武器。」

「最可怕的武器？」

「是啊，因為只要一道命令，就能讓感染凱爾德病毒的人，在瞬間全部死去。自從3個月前爆發國王遊戲之後，聽說現在不只日本，很多其他的國家也開始在研究凱爾德病毒。當然，再生這個宗教組織就是其中之一。」

御木本用右手手指，咚咚咚地敲著自己的太陽穴。

「我想，再生的目的應該是要讓 CHILD 來管理人類，而非消滅。從你們提供的情報看來，CHILD 想要增殖，還是必須透過人類的身體才行。」

「話是沒錯，只不過一旦世界被 CHILD 管理的話，人類就會被當成家畜來豢養吧。人類存活的目的，就只是為了增加 CHILD 的數量而已。」

一想到人類被當成家畜豢養的未來，雅人的背脊感到一陣寒涼。

【9月21日（星期二）晚間11點12分】

「還沒找到冰室香鈴嗎？」

在北海道道廳的廳舍辦公室一角，藤澤向部下高倉提出這樣的質問。

「她應該是最後一個可以控制奈米女王的人了，無論如何一定要逮到她。」

「我們收到一個未經證實的情報，就是有目擊者在長萬部車站前，看到一群人，很可能是再生教團的信徒，其中有一名長髮少女。我猜，那個少女極有可能就是冰室香鈴。」

「長萬部是嗎……」

「是的。由於目擊時間是今天傍晚時分，所以他們很可能轉移陣地了。雖然我們兵分多路搜尋再生的據點，可是依然沒有找到冰室香鈴和奈米女王的下落。」

高倉語調平淡地說。

「沒能及時阻止被我們抓到的那兩名信徒自殺，實在是太可惜了。沒想到他們居然會偷藏CHILD的體液。」

「他們一開始就不打算活了吧，真是一群迷信的傢伙！」

藤澤咬牙切齒地說道。

「就因為這樣，所以他們說什麼也不肯供出啟動奈米女王的密碼。」

「我們已經把沒收來的個人電腦和周邊機器交給網路犯罪對策課了，不過到目前為止，還是沒有破解密碼。要是輸入錯誤的密碼，奈米女王和硬碟就會自動銷毀。」

「時間迫在眉睫，偏偏又沒有這方面的人才……」

藤澤把手放在木桌上，呼地嘆了一口氣。

「總理那邊有消息嗎？」

「沒有，本州那邊好像也在研究如何破解奈米女王，可是進行得並不順利。而且，新型凱爾德病毒的抗體也還沒有製造出來。」

「嗯……是嗎？」

藤澤看著窗外。許多高樓大廈的燈光都熄滅了，而且有好幾處的火勢還沒撲滅。

「CHILD 那邊的情況怎麼樣了？」

「派去殲滅他們的第7和第8部隊都陣亡了。」

「什麼？一次就折損了兩支部隊？」

「聽說，對方喬裝成難民，伺機發動近距離攻擊，還搶走自衛隊和警方的武器。另外，還使用觸手攻擊。」

「到現在還是沒有發現解毒的方法嗎……」

「不過，有高中生志願軍把躲藏在再生分部的 CHILD 殲滅了。因為高中生打過抗體，對毒液免疫，可以和 CHILD 進行近距離作戰。而且，他們的隊長是個天才呢。」

「就是那個神崎斗志雄嗎……」

藤澤看了一眼桌上的文件。上面貼了一張外型精悍的神崎斗志雄的照片。

「雖然他們對毒性免疫，可是能夠率領高中生殲滅那麼多隻 CHILD，說他是天才也不為過。

那個人好像對使用武器非常在行呢。」

「雖然我並不想把這麼危險的任務推給高中生，可是目前這個情況下，實在是別無選擇。只要是能派上用場的人，都要上場作戰。」

「是啊，只是沒想到，高中生居然救了我們這些大人。」

此時，藤澤的嘴角微微揚起。

「說起來真是丟臉。我身為保護北海道的知事，可是卻一籌莫展。」

「別這麼說，知事您已經盡力了。」

「可是不斷有人死去，就連這個時間也是……」

「這也是沒辦法的事啊。不管是誰當北海道知事，遇到這種事一樣會死很多人。」

高倉挺直了背脊，繼續說道：

「現在，能多救一個是一個，大家都非常需要知事啊。」

「你說得對，在這裡唉聲嘆氣也無濟於事。在本州的支援尚未抵達之前，我必須盡忠職守才行！」

藤澤說著，放在桌上的雙手也握了起來。

【9月21日（星期二）晚間11點58分】

「就快12點了……」

秋山抬頭看著教室的時鐘，伸手擦拭額頭冒出的汗水。

「真的還會有新的命令傳來嗎？」

「不知道。」

雅人這麼回答秋山的問題。

「不過，如果香鈴沒有被捕的話，就很有可能還會再傳來。」

聽到雅人這麼說，站在秋山後面的英語老師篠原，張開塗了淡淡口紅的嘴唇說道：

「等等。如果那個叫香鈴的女孩持有控制病毒的程式，她也沒必要非得在12點以前發布不是嗎？」

「話是沒錯，不過以香鈴的作風，應該會在同樣的時間發布訊息。」

「為什麼你會這麼認為？」

「香鈴是再生的信徒，他們非常沉迷於自己的行為。」

「沉迷？」

「是的。我曾經和再生的一位阿姨說過話。當時，那位阿姨滔滔不絕地說個不停，神情非常著迷。香鈴有時候也會這樣。」

美咲點點頭，同意雅人的話。

「我也覺得，香鈴一直期待著戲劇化的轉變。」

「戲劇化的轉變……？」

雅人想起不久前，香鈴向他提議要一起自殺的事。那時候香鈴的眼神，就像是會吸引人的黑色寶石一樣。

「香鈴她……為什麼會……」

正當雅人在喃喃自語時，拿在手上的智慧型手機發出收到簡訊的鈴聲。美咲與和彥的手機也同時傳出鈴聲。教室裡許多人的手機也都同時響起。

雅人顫抖著手，打開簡訊畫面。

【9／22星期三00：00　寄件者：國王　主旨：國王遊戲　本文：這是所有居住在北海道的人所進行的國王遊戲。國王的命令絕對要在24小時內達成。※不允許中途棄權。※命令3：血型為AB型的人，要殺掉5個人。　END】

「什麼……這是什麼命令啊？」

雅人看著智慧型手機螢幕，神情驚慌地說道：

「這樣的話，AB型的人不就……非殺人不可了？……啊……」

雅人趕緊問一旁的美咲與和彥。

「美咲、和彥，你們兩個的血型沒問題吧？」

「嗯，我是A型，雅人你呢？」

「我是O型，和彥呢？」

「啊……我和美咲一樣，應該都是A型。」

「應該？難道你不知道自己的血型嗎？」

「我爸和我媽都是A型，所以我應該也是A型。」

御木本對著汗流不止的和彥說道：

「如果父母都是A型的話，那麼小孩不是A就是O。至少不會是AB型，所以不用擔心。」

「啊……是嗎？太好了。」

和彥一屁股往地板坐了下去。

「我還在擔心，如果我是AB型的話該怎麼辦呢。」

「我是B型。幸好，AB型的人應該很少吧。」

御木本看向那些收到命令之後，開始騷動不安的人群。

「日本人血型中的AB型，大約佔10％左右。所以來這裡避難的人之中，可能有5個人是AB型。」

「5個人……」

雅人用乾涸的喉嚨小聲地說。此時，教室裡面傳出彼此質問的談話聲。

「喂！你應該不是AB型的吧？」

「不是，我是A型。我才想問你呢，你說過你死去的母親是AB型的吧？」

「沒錯，不過我是A型。我輸過血，錯不了的！」

「我是O型，我兒子也是O型。」

「我是B型。」

「太好了，我是A型。」

現場好像沒有人說自己是ＡＢ型，雅人鬆了一口氣地撫著胸口說道：

「太、太好了。這間教室裡面好像沒有ＡＢ型的人。」

「是嗎……」

美咲懷疑地看著教室裡面。

「咦？……妳的意思是？」

這個時候，隔壁教室突然傳出年輕女性的尖叫聲。

「啊！怎麼了？」

雅人奔出走廊，正好看到幾個人滿臉驚恐地逃出教室。其中一名滿頭白髮的老翁抓著雅人的身體，張開沒有牙齒的嘴，顫抖地哀求。

「啊……啊啊……救、救命啊……」

「發生什麼事了？老爺爺。」

「那、那個人……突然……」

「唔……」

雅人推開老翁，往隔壁的教室跑去。一進去就看到3名男子倒在血泊中。教室的地板積了一灘鮮血，中央站著一名手拿刀子的年輕人。

年輕人的上衣被染成了紅色，藍色的牛仔褲也沾滿鮮血。他看著出現在門口的雅人，不懷好意地露出雪白的牙齒。

「還剩下……2個人……」

年輕人拿著刀子，一步步逼近雅人。腳上穿的靴子發出啪颯啪颯的聲音。

「啊……」

就在他舉起刀子，往呆立著的雅人揮下去時，和彥的腳先一步踢中他的肚子。年輕人隨即應聲倒下。

「趁現在！雅人！」

「啊……好、好！」

雅人與和彥兩人一起朝年輕男子撲過去。男子的手腳拼命揮舞不肯就範，直到御木本和秋山也加入之後，才放棄抵抗。

「繩子！快拿繩子來！」

秋山大喊。站在走廊的篠原趕忙往隔壁的教室跑去。

「喂！你知道自己做了什麼嗎？」

秋山瞪著那名男子，氣得連聲音都在發抖。

「我看你是瘋了。」

「嗄？我很正常啊！」

男子滿臉是血，猙獰地笑著。

「我是AB型。如果不殺死5個人的話就要受罰，所以我當然要殺人啊！」

「所以你為了自己活命，不惜殺人嗎？」

「呵……喂，你不是ＡＢ型的吧？既然你不用死，就不要自以為是地教訓人！」

殺紅了眼的男子，瞪著壓制住他的雅人一行人。

「你們能了解我這個ＡＢ型的心情嗎！混蛋！」

男子不停地咒罵著雅人他們。

【9月22日（星期三）凌晨1點23分】

秋山和御木本一臉倦容地走進雅人他們所在的教室。

雅人跑向秋山。

「秋山校長，剛才那個男的呢？」

「關進工具室裡了，還用繩子綁著，應該不會有危險了。」

秋山坐在學生椅上，拿起放在一旁的毛巾擦臉。

「死去的3個人已經救不活了。」

「3個人都沒救了嗎？」

「嗯。其中1人還有意識，不過我們也無能為力。如果有醫生就好了……」

「可惡……」

雅人低聲咒罵著。

「為什麼那個人會下這樣的毒手……」

聽到雅人的喃喃自語，美咲開口說道：

「雖然他的犯行不可原諒，可是我能了解他的心情。」

「了解？他殺了人耶。」

「當然，為了自己活命而殺人，是不可原諒的事。但是不殺人的話，他就得死。要是有人問我，有沒有自我犧牲的覺悟，老實說，我還答不出來呢。」

美咲一臉嚴肅地看著雅人說道。

「剛才在那間教室裡，大家都說自己不是AB型，可是我很懷疑。」

「咦……懷疑？」

「嗯。在那種狀況下，誰會承認自己是AB型？就算不想殺人也一樣。」

美咲看著在教室裡休息的人們。

「我也希望不會發生像剛才的事情，可是……」

聽到他們談話的秋山，發出沉吟。

「也許美咲說得沒錯。坦白承認的確很危險。」

「那麼，有其他檢查的方法嗎？」

「市面上有在賣驗血型的工具，可是現在這種情況下很難弄到手。」

「就是啊，藥局應該沒開吧。」

這時，有人輕輕地拉扯雅人的T恤。回頭看去，睡眼惺忪的莉莉佳正抬頭看著他。

「雅人哥哥，你怎麼還不睡啊？」

「啊……莉莉佳，對不起，今天哥哥不能陪妳睡了。」

「咦？可是你不是答應過我了嗎？」

莉莉佳氣得鼓起臉頰。

「雅人哥哥要吞千根針！」

「真的很對不起。明天等莉莉佳起床後，哥哥再陪妳玩好不好？」

「真的嗎？會陪我玩很久嗎？」

「嗯，哥哥說到做到。」

「那好吧，這次你不用吞千根針了。」

「謝謝妳，莉莉佳。」

雅人摸著莉莉佳的頭說。

「啊……對了，莉莉佳，妳知道自己的血型嗎？」

「血型？」

「嗯，妳大概不知道吧？」

「知道啊，我是AB型。」

「咦……」

雅人的臉頓時失去血色。他睜大雙眼，抓住莉莉佳的肩膀問道：

「AB型？莉莉佳，妳真的是AB型嗎？」

「是啊，媽媽交代我要記住的。」

莉莉佳微笑地說。

「知道自己血型的話，在受傷的時候很方便，對吧？雅人哥哥，你怎麼了？」

「啊……啊，對、對不起。」

臉色慘白的雅人從莉莉佳身上移開視線。美咲與和彥看著莉莉佳，兩人像洋娃娃一樣定住不動。後面的秋山發出聲響，從椅子上站了起來。

「她是AB型？……這孩子的爸媽呢？」
「他們都因為國王遊戲去世了。」
雅人緊握著拳頭說。
「所以，她是不是AB型還無法真正確定……」
「可是按照這孩子的說法，AB型的可能性很高。我們得想個辦法處置她。」
「處置？處置是什麼意思？」
「AB型的人必須囚禁起來，免得又發生剛才的事。」
「莉莉佳只是個7歲的孩子，不可能加害別人的。」
「話是沒錯，可是……」
秋山的額頭冒著大汗說道：
「總不能就這樣把她放在這裡，你應該了解吧？」
秋山的視線游移了一下。因為在他們面前，站著一群以不安的眼神盯著莉莉佳的人們。

【9月22日（星期三）凌晨2點14分】

雅人從4樓盡頭的教室走出來，美咲與和彥立刻追上來。

美咲皺著眉頭，碰了一下雅人的手。

「雅人，莉莉佳她不要緊吧？」

「嗯，已經睡了。」

雅人回頭看著背後的教室這麼說。

「她不知道國王的命令，我想，應該不會感到害怕才對。」

「是嗎……」

美咲嘆了一口氣後，緊閉嘴唇。

站在美咲後面的秋山，從口袋裡掏出一個不銹鋼鎖頭。

「雅人，實在很抱歉，把AB型的軟禁起來是大家的決定，我不能破例。」

「……我明白。」

「對一個7歲的小女孩這麼做，的確是很過分。可是，我擔心其他血型的人會抗議，所以還是隔離開來比較好。其實，我也很不想這麼做。」

秋山嘆了一口氣，把教室的門鎖上。

「總之，暫時就先這樣了。等天亮之後，你再送飯來吧，我想她一定會很高興。」

「是……」

這時候，樓梯那邊傳來跑步上樓的聲音，出現了御木本的身影。他氣喘吁吁地走近秋山。

「秋山校長，剛才在女生廁所裡發現2名已經死亡的女性。」

「嗄？你說什麼？」

秋山的聲音在走廊迴響著。

「怎麼會發生這種事？是不是之前那個男的逃跑了？」

「不，不是的。總之，您先去看看吧。」

雅人一行人跟在御木本後面一起跑下樓。一來到2樓的女生廁所，就聞到濃厚的血腥味。

兩名女性屍體疊在一起倒在地磚上。

她們的臉看起來跟模特兒假人一樣白，身上穿的開領毛衣染成了紅色。

走在前面的御木本搖搖頭說道：

「好像是被人用刀子刺入心臟的。」

「難道……還有其他AB型的人？」

被雅人這麼一問，御木本點點頭。

「只能這麼想了。按照一般的機率來算，這所學校裡面應該還有3名AB型的人。」

「這麼說，是有人說謊了？」

「是的。而且對方還打算再殺3個人，這樣才能完成國王的命令。」

「還要再殺3個人……」

放在女生廁所角落的電池式照明燈的光線，照出了雅人僵硬的臉。

回到教室後的秋山，向前來避難的人報告2名女性遭到殺害的消息。一個可能是受害女子的男友，突然痛哭起來，聽到母親被殺的女中學生也昏厥了過去。

幾個男人圍著秋山逼問道：

「這是怎麼回事？秋山校長！我們之中還有AB型的人嗎？」

「查不出犯人是誰嗎？」

「為什麼不進行徹底的調查呢！」

「大家先冷靜下來。我會把我知道的消息向大家報告。」

秋山汗如雨下地繼續說，這時放在桌上的收音機傳來了播報聲。

『……發布緊急消息。為了避免這次國王遊戲的命令，引發社會混亂，請大家暫時不要對外發布。另外，本次命令的對象，就算知道命令內容，也不要照做。留在北海道的各位，日本政府正在盡全力破解國王遊戲的命令。請大家務必保持冷靜。還有，大部分的CHILD可能會集體往都市移動，大家要提防可疑的團體。現在，避難所已經停止收容難民，不過會照常分配食物和飲水，地點在札幌市中央區……札幌市立中央小學……』

聽著避難所的發表，雅人張開乾渴的嘴唇說道：

「政府希望這次的命令不要張揚出去嗎？」

「應該是吧。」

一旁的美咲回答。

「手機還能用的人，可以知道命令的內容。可是如果不知道的人之中有AB型的話，一定會引發大亂。」

「不知道命令的ＡＢ型之人，也會受罰吧……」

聽到雅人這麼說，和彥開口了。

「我想政府的顧慮是對的。越多人知道這次的命令，問題會越棘手。如果其中有ＡＢ型的人，就等於殺人魔數量會更多。」

「你是說，ＡＢ型的人會殺人？」

「實際上，這裡不是鬧出人命了嗎？」

和彥指著跪在地上痛哭的年輕男子說。

「那個人的女朋友被殺了，被ＡＢ型的人殺了。這表示我們之中還有ＡＢ型的人。」

「不會吧……」

雅人的喉嚨感到異常乾渴，脖子不停地冒出汗水。眼前的幾十名男女，每個人臉上都帶著驚恐的表情看著彼此。

美咲嘆了一口氣。

「這個命令，的確很像是香鈴會想出來的點子。」

「香鈴會想出來的點子？」

「嗯。如果目的是想讓 CHILD 管理人類的話，應該會有更好的命令。可是，如果是香鈴的話，可能會想出讓人類自相殘殺的命令。」

「妳是說，讓ＡＢ型的人和其他人互相殺戮？」

「不是的。因為大家都不知道誰是AB型，所以到最後會變成全面殺戮，血型反而不是重點。這就是香鈴的目的。因為她一直想證明人類有多麼愚蠢，只有他們信仰的教義是才是真理。」

「香鈴居然會為了這種事……」

雅人一想起莉莉佳天真的笑容，不由得緊咬嘴唇。

之後，將近半數的人逃離了避難所。大家都害怕遭到AB型的殺人魔殺害。只不過，這麼做的人，生命反而受到更大的威脅。

因為在黑暗的市區裡，藏著更多想要達成國王遊戲命令的AB型之人。他們一發現從避難所逃出來的人，就會毫不猶豫地痛下殺手。所以都市的暗巷中，不斷地傳出哀嚎和咆哮，讓倖存的人飽受極大的精神壓力。

秋山把剩下的男人全部集中到1樓，準備迎戰AB型的人。不過後來並沒有發生突襲事件，只有少數幾個人前來避難。

一臉疲憊的雅人回到2樓的教室，美咲立刻跑了過來。

「雅人，不要緊吧？」

「嗯。沒有人來突襲。」

雅人往旁邊的椅子坐下，伸了一個大懶腰。

「真是太好了。這樣人類就不用自相殘殺了。」

「就是說啊。和彥他還在1樓嗎？」

「他交班休息了。為了防範CHILD來襲，我們高中生也被分開了。」

「對這裡的人來說，也許這樣的安排比較好吧。」

美咲緊緊握著雅人的手說道：

「可是，你可不要太累了，要是你死了的話，我……」

美咲說到一半再也說不下去，淚水在眼眶裡打轉。

「美咲……」

雅人抓著美咲的肩膀，溫柔地將她摟進懷中，兩人的嘴唇自然地交疊。

「啊……對、對不起。」

雅人倉惶地放開了美咲。

「我、我不知道自己在想什麼，不自覺就……」

「沒關係。」

美咲這麼說，同時伸出食指觸摸雅人的嘴唇。

「我也想這麼做。」

「真、真的？」

「嗯，不過下次還是挑沒人看見的地方吧。」

「咦？沒人看見的地方？」

雅人連忙往周遭張望，剛好和一名包裹著毛毯的老婆婆對望。老婆婆滿是皺紋的臉上露出了親切的微笑。

「啊……」

雅人紅著臉，向老婆婆點頭致意。

【9月22日（星期三）上午8點45分】

短暫的休息過後，雅人和美咲一起離開教室，前往4樓莉莉佳睡覺的另一間教室。途中，他們經過空蕩蕩的教室前時，旁邊的美咲突然停下腳步。

「雅人……你看那扇門……」

美咲指著教室的門說。門打開了一條縫，門把的部分沾了像是沾了紅色顏料似的。

「那是血……」

「美咲，妳先到旁邊去！」

雅人壓低姿勢，慢慢靠近教室的門。如同美咲所說，把手上的確沾著像血一樣的東西。雅人伸出冒汗的手打開門，裡面一個人也沒有。從窗戶外面透射進來的陽光，把桌面照得反白。

雅人小心翼翼地踏進教室裡面。

「雅人，不要緊吧？」

美咲在他後面問道。

「嗯，沒事。裡面一個人也沒有，那個應該不是血吧。」

雅人走向窗邊。從窗戶看出去，可以望見好幾棟建築物還在冒著白煙。

「火災還是沒有控制住嗎……」

「這也是辦法的事。現在這種狀況，消防署根本無法出動。」

美咲看著窗戶的方向，輕輕地嘆了口氣。

「而且還有國王遊戲的命令，我想現在一定有很多地方都陷入騷動吧。」
「正因為是這種時候，大家更需要互相幫助。」
「至少，我們這裡的人，絕不能掉進香鈴的陷阱裡。」
「說得也是。啊、我們趕快去找莉莉佳吧。」
「嗯。不過，門把上的污漬，會是什麼呢？」
「應該不是血吧，只是看起來很像而已……」
雅人走到教室後面的櫃子，伸手打開門。
「還是先把它擦掉吧，我找找看有沒有抹布……」
打開櫃子的瞬間，就看到那個滿臉皺紋的老婆婆和他四目相對。她的眼睛睜大到極限，眼球裡布滿血絲，嘴巴也開著。上衣的胸前有一大片血跡，血水一直往下滲透到長褲上。
「啊……」
雅人一眼就認出，櫃子裡的人是剛才看到他和美咲接吻的那位老婆婆。
「老……老婆婆。」
突然間，老婆婆的身體往前傾倒。
「哇、哇啊！」
雅人抱著老婆婆一起跌到地上。他的眼睛前面，剛好對著牙齒已經拔光，像洞穴一樣的嘴巴。
「老婆婆、老婆婆，妳沒事吧？」

雅人不停地搖晃著老婆婆的肩膀，可是始終沒有反應。
「美咲！妳快去叫大家過來！」
「我、我馬上去！」
美咲慌張地跑出教室。
——可惡！又是哪個AB型的人殺了老婆婆嗎？
雅人的身體因為憤怒而顫抖。
「大家都是前來避難的人啊！凶手到底是誰！」
避難的人跑進教室裡。帶頭的秋山校長臉色蒼白地看著倒在地上的老婆婆。
「又有人被殺了嗎？」
「好像是胸口被刺。」
雅人雙手緊緊地握著。
「恐怕已經……」
「原以為逃到這裡就安全了，沒想到這裡面居然躲著殺人魔。」
「也許凶手認為，比起黑暗的市區，避難所裡面比較容易下手吧。」
「可是，連這麼老的人都不放過嗎？」
「我想，凶手是故意挑容易下手的對象吧。」
雅人看著老婆婆瘦弱的身體，喃喃說道：
「昨天遭到殺害的，也是女人……」

這時候，倒在地上的老婆婆嘴裡吐出鮮血。

「咳……唔……」

「啊、老婆婆……還活著？老婆婆還活著！」

「咳噗……咳……」

老婆婆的嘴不停地吐出鮮血，手腳也抽動不止。

雅人趕緊扶起老婆婆的上半身。

「老婆婆，妳要不要緊？」

「有……有人……殺我……」

「有人殺妳？是、是誰殺妳的？」

老婆婆伸出乾癟的食指，指著一臉蒼白的御木本。

「御……木……本……」

所有人的視線都集中在御木本身上。

「御木本先生？難道你……」

雅人半張著嘴，不敢置信地看著御木本。

「為什麼？為什麼御木本老師要殺了老婆婆？」

「別、別胡說八道了！」

御木本搖頭否認。

「這個老婆婆一定是認錯人了！我怎麼可能會殺人呢！」

「御……木……」

「不要再胡言亂語啦！該死的老太婆！」

御木本像是要揮去集中在他身上的視線一樣，大動作地張開雙手。藏在眼鏡後面的那對眼睛也睜得極大。

「你們相信那個老太婆說的話嗎？我會把她殺了，然後塞進鐵櫃裡嗎？我怎麼可能做這種事！」

聽到這些話，雅人的心跳猛然加速。

「御木本先生……我並沒有說，老婆婆被塞在鐵櫃裡啊。」

「啊……」

御木本用右手摀住張開的嘴。

「我、我是……聽美咲說的……」

「我才沒有說呢！」

站在秋山後面的美咲大聲反駁。

「我只說，在空教室裡發現老婆婆被殺了，就只有這樣而已。」

「唔……」

御木本細薄的嘴唇開始歪斜，頭無力地垂下。

秋山腳步蹣跚地走近御木本。

「御木本，你怎麼了？為什麼要這麼做？」

「為什麼？」

御木本緩緩地抬起臉。那張看似能劇面具的臉上，露出詭異的笑容。看在雅人的眼裡就像惡魔一般。

「為什麼？呵呵呵。那還用問嗎？因為我是ＡＢ型，我不想死。」

「女生廁所的那兩個人，也是你殺的嗎？」

「沒錯。包括這個老太婆在內的話，就是第3個了。真是可惜呢。」

深深地嘆了一口氣後，御木本又發出乾冷的笑聲。看到他這樣的態度，雅人感覺頭部迅速熱了起來。

「虧你還是為人師表，居然為了自己活命而殺人！」

「我不想騙你們，我的確是想活下去。而且，對你們而言，我活著對你們比較有利吧。」

「這話是什麼意思？」

「雖然我是自學，不過我研究過凱爾德病毒。在目前的情況下，我能提供很大的幫助。而且我還年輕，有力氣，要是我受罰而死的話，對這個避難所而言是一大損失喔。」

「這不是問題！重點是，你殺了來這裡避難的伙伴！而且還騙我們說，你不是ＡＢ型！」

「那是理所當然的，不是嗎？」

御木本眼鏡後面的眼睛瞇成了一條線。

「騙大家說我不是ＡＢ型，你們才會放鬆警戒，這樣我殺起人來才有效率，也不會受到太大的抵抗。在避難所裡殺人，比在外面的街道尋找獵物要安全多了。」

「獵物？你說獵物？你把人當成獵物？」
「雅人，你冷靜點。我為了保護這個避難所可是費盡了苦心啊。搭建圍牆、收集食物和資材，昨天晚上還熬夜站崗。你以為這些工作，是這個老太婆或是死在廁所的那兩個女人能夠勝任的嗎？」
御木本用手指著痙攣中的老太婆說道：
「再說，我們的存糧有限。年紀大的老人還是早點死比較好。這麼做不只是為了我自己，也是為了大家啊！」
「你瘋了。」
「我很正常。而且，讓我活下去才是對的。」
御木本的眼睛布滿血絲，來回地看著教室裡的每個人。
「秋山校長，我有個建議。」
「建……建議？」
秋山用沙啞的聲音回問御木本。
「在這種情況下，你還敢建議什麼？」
「讓我殺了那個老太婆吧。這裡又沒有醫生，她是活不了的。」
「你、你還想繼續殺人？」
「是啊。讓我殺了那個老太婆之後，我只要再殺2個人就完成命令了，就讓我再隨便挑一個老人，外加那個AB型的小女孩吧！反正這樣下去，那個孩子只會受罰而死，與其這樣，不如讓我殺了她。」

「你、你要殺小孩子？虧你還是為人師表！」

「沒錯，我是個老師。就因為這樣，我更要指導這裡所有的人。如果大家還想活命的話，就要接受新的教育。」

御木本的嘴角往上翹起，雙手張開說道：

「放心吧，我不是殺人魔，這麼做只是為了完成國王遊戲的命令。所以，等我殺了5個人之後，你們就不需要死了……」

原本還嘻皮笑臉的御本木，話說到一半突然中斷。只見他的嘴開開合合地抽動，然後倒在地上。就在他的後面，站著一個身穿皮衣、手裡拿著一把沾滿鮮血的刀子的年輕男子。

「去死吧！去死吧！去死吧！」

男子再度舉起刀子，朝地上的御木本連續刺了好幾刀。血水沿著刀口前端噴濺而出，在地板上積成一灘血水。

雅人很快就認出這個拿刀刺御木本的男子，就是昨夜死在廁所的女子的男友。

「你竟敢……你竟敢把麻里……」

男子朝已經毫無動靜的御木本臉部又補了幾刀後，搖搖晃晃地站了起來。淚水從他的眼眶不停地滑落。

「麻里……我替妳報仇了……」

說完，男子坐在地上，雙手抱著膝蓋，嘴裡喃喃呼喚著愛人的名字。

臉部被刺了好幾刀的御木本，一臉死寂地瞪著天花板。半張開的嘴也不再呼吸，任何人都看得出來，他已經斷氣了。

教室裡瀰漫著血腥味，尖叫聲不斷，許多人倉惶地逃離了教室。

美咲拉起望著眼前慘狀發楞的雅人的手，雅人也用力地回握她顫抖的手。

【9月22日（星期三）上午10點23分】

少年走在屍橫遍野的街道上。他身上穿著沾有血跡的迷彩服，手上握著一把89式步槍，後面還背了一只背包，神情看起來精悍又幹練。

他邊吹著口哨，邊跨越一具具斷頭的屍體，同時望著眼前一棟還在冒出白煙的高樓。

突然間，那棟高樓後面衝出一名年輕女子。女子看到少年，赤腳走近他。

「救、救救我！我、我丈夫……被關在房間裡面了。」

「被關在房間裡面？」

少年的眉毛微微地往上挑。

「他在哪？」

「啊、就在那棟大樓裡面！」

女子指著一棟掛有餐飲店招牌的細長型大樓這麼說。

「你、你是自衛隊的人吧？看起來好年輕。」

「嗯，我還是高中生。」

「高中生？」

「是的。因為CHILD的毒性對高中生無效，所以我們組成志願兵，專殺你們這些人。」

說完的同時，少年舉起手上的步槍扣下扳機。那名女子隨即往後傾倒，胸前瞬間染成血紅色。

「啊……唔……為、為什麼……」

「為什麼？妳是 CHILD，我當然要殺妳啊！」

「唔……」

女子的臉開始扭曲，口中吐出肉色的觸手。

「你……你是怎麼認出來的……？」

「從表情、眼神、動作，還有其他地方啊。在我看來，分不出人類和 CHILD 不同的人，腦筋八成有問題。」

「你……你是何方神聖……」

「我只是普通的高中生而已。」

少年把槍口對準女子，然後扣下步槍的扳機。隨著巨大的槍響，女子的臉和觸手同時朝四方飛濺。少年站在不停抽搐的斷頭軀體前，眼睛看著自己手上拿的槍。

「這槍真是好貨，後座力很小呢。」

此時，少年的背後傳來少女的呼喚。

「神崎隊長！」

少年回過頭。一名同樣身穿迷彩服，長相清秀的少女就站在路中央。她挑著眉說道：

「請你不要擅自行動好嗎？要是遭到 CHILD 集體攻擊怎麼辦？而且，AB型的人很可能會攻擊你耶。」

「我知道啦。妳很囉唆耶，亞沙美。」

神崎斗志雄不耐煩地咋舌，露出猛獸般的虎牙。

「AB型隊員的事已經處理好了嗎？」

「已經把他們關在附近一棟大樓的房間裡了。」

湯月亞沙美挺直腰桿地回答。

「CHILD應該找不到那裡才對。我留了食物和飲水，應該足夠撐上一天吧。」

「嗯。暫時就這樣了。如果我們能順利逮到冰室香鈴，破解奈米女王的密碼，說不定就能解除這次的命令了。」

「神崎隊長，我有個問題……」

「什麼問題？啊、對了，妳說話的時候可以親切一點嗎？妳長得那麼可愛，如果態度親切一點會很受歡迎的，而且雙馬尾的髮型也很受男生的喜愛呢。」

「別管我的事啦。我想知道，為什麼你能分辨出AB型的隊員呢？除了主動承認的2名之外，新井和近藤他們兩個，都謊稱他們是A型啊。」

「妳的問題怎麼跟剛才那個CHILD一樣。難道妳看不出來，他們兩個在這次命令的前後，態度完全不同嗎？我一眼就看出他們在說謊。」

「我怎麼看不出來？」

「看不出來？妳要多觀察對方的眼神和表情才行。另外，出汗量和走路的步幅也有差別。」

「步幅……？你連這個都……」

亞沙美不由得露出驚恐的眼神。看到她這種反應，斗志雄的嘴角微微地往上挑。

「喂，亞沙美，妳是不是覺得我這個人很可怕啊？」
「……是的。」
「真是個誠實的傢伙。算了，這也不能怪妳。我已經習慣大家怕我了。」
「是因為隊長你的能力嗎？」
「不光是這樣。別看我吊兒郎當的，其實不管是念書或運動，我都很拿手。人紅遭嫉，以前學校的小混混看我不順眼，還找了好幾個人圍堵我呢。」
斗志雄把手臂上的疤痕秀給亞沙美看。
「他們那幾個傢伙，仗著自己未成年就到處胡作非為，而且還拿刀耶！我可是徒手對付他們喔。」
「那……結果呢？」
「喔，我殺了其中一個之後，剩下的幾個就安靜下來了。」
「殺了其中一個……？」
「是啊。就是那群混混的老大。要摧毀敵人鬥志最有效的方法，就是殺死帶頭的。當然，那次我是正當防衛，所以並沒有留下前科。」
「怎、怎麼會這樣？問題很嚴重耶。」
「咦？是嗎？可是那時候，我是為了活命才那麼做的啊。當然，殺死全部的人的確不是聰明的做法。」
「全部的人……？你殺了他們全部的人？」

「雖然花了不少時間，不過還是全部擺平了。」

斗志雄看著手上的步槍說。

「那個時候，如果有這玩意兒的話就輕鬆多啦。」

聽到斗志雄發出呵呵呵的笑聲，亞沙美感到無比驚恐。

【9月22日（星期三）下午2點18分】

「高原先生，我明白您的要求。」

在北海道道廳的走廊上，藤澤看著眼前一名身穿西裝、身材肥胖的男子這麼說。

「可是很遺憾，我無法答應。」

「嗄？你說什麼？」

高原粗厚的雙眉微微地抽動了一下。

「我可是自由國民黨的高原議員啊！你居然不肯賣我這個面子！」

「是的。因為您的要求實在太強人所難了。」

藤澤咬著牙關說。

「為了救AB型的高原先生您，我們得準備5個人？這實在不像是一個代表北海道居民的道議會議員該說的話。」

「你說什麼！如果我死了，誰來拯救混亂的北海道？我的命和那些無足輕重的市井小民不能混為一談啊！」

「是啊，他們的確不像你是個人渣。」

「嗄？你剛才說什麼？」

「我說你是人渣。為了自己活命，不惜殺死別人，真是太不知羞恥了！你這樣還配當保護百姓的議員嗎！」

「呿……知道了，我不會再拜託你了。」
「請等一下，高原先生。」
藤澤叫住高原，並對站在一旁的護衛警官說：
「將高原先生帶去特別接待室。如果他敢反抗的話就綁起來。」
「你、你在開什麼玩笑！」
高原的怒罵聲在走廊上迴響著。
「你要把我關起來？」
「AB型的人都要被關。沒有例外。」
「你、你沒有權力這麼做！」
「我有。總理大人已經把發生在北海道的國王遊戲以及CHILD相關問題，交給我全權處理了。而且，他也同意我對這次命令的處理方式。」
「簡直是胡來……。你是要我死嗎？AB型的人要是不殺死5個人的話就會死！你現在要我在接待室裡等死是吧？」
「現在網路犯罪對策課的人，正全力破解奈米女王的密碼。我也已經指示所有的部隊，把搜尋知道奈米女王密碼的冰室香鈴列為最首要任務。只要知道奈米女王的密碼，說不定就可以解除這一次的命令了。」
「如果不知道密碼呢？」
「那麼，就只能請你做好心理準備了。」

藤澤斬釘截鐵地回答。

「以你的身分，應該要以身作則，當AB型的模範才對。我希望你有這個自覺。」

「啊……你……」

高原像隻青蛙一樣張大嘴巴，無言地抽動著，布滿皺紋的額頭也不斷冒出汗珠，膝蓋無力地跪在地上。

「饒……饒了我吧！我不想死！我不想死啊！」

高原哭得一把鼻涕一把眼淚地哀求道：

「對、對了……錢！我給你錢！要1億或2億都沒問題！只要你肯救我一命！喏？怎麼樣？」

「……我實在不想跟你多浪費1秒鐘了！」

藤澤不顧在地上猛磕頭，不停哭求的高原，丟下這句話後，便轉身往會議室走去。

【9月22日（星期三）晚間8點36分】

「可惡！還是無法破解國王遊戲的命令嗎？」

雅人對著教室桌上的收音機大喊。

「剩下不到5個小時了！政府到底在做什麼！」

「冷靜點，雅人！」

坐在窗邊椅子上的和彥，皺著眉頭看向雅人。

「光在這裡抱怨，也無濟於事啊。」

「可是，再這樣下去，莉莉佳她……」

雅人懊惱地在桌面上打了一拳。

「莉莉佳很可能是AB型。她母親擔心莉莉佳受傷，所以要她記得自己是AB型。如果政府再想不出辦法的話，莉莉佳就要受懲罰了。」

「這種事不用你說我也知道！我也不希望莉莉佳受懲罰。我們的心情是一樣的。」

聽到雅人與和彥的對話，美咲張開沒有血色的嘴唇說道：

「雅人，要跟莉莉佳說嗎？AB型的人要受罰的事……」

聽到美咲這麼說，雅人楞住了。被照明燈照亮的教室，彷彿開始扭曲。

「這、這個……」

雅人無言以對。美咲與和彥也閉口不語。周圍的人從雅人身上移開了視線。

這時，有人打開了教室的門。篠原端著拖盤走進來，上面放著盛有咖哩飯的碟子。辛香料的味道在教室裡飄散著。

「雅人，我煮了莉莉佳想吃的咖哩飯，你端去給她吧。她看到你去一定會很開心的。」

篠原紅著眼，把托盤遞給雅人。

「我知道你也很不好受，可是今天晚上，你就多陪莉莉佳玩吧。」

「嗯……我明白。」

雅人顫抖著說。眼睛一直望著冒出騰騰熱氣的咖哩飯。

雅人拿著篠原交給他的鑰匙，打開門鎖。一走進教室，雅人臉上立刻堆起笑容。

「莉莉佳，哥哥來晚囉！來，這是讓妳期待已久的咖哩飯！」

「啊！雅人哥哥。」

正在電池式提燈前看書的莉莉佳，從椅子上跳了起來，快步跑到雅人的身邊。

「哇啊！真的是咖哩飯耶！」

「是啊，這是篠原老師特別做的喔。怎麼樣，很棒吧？」

雅人把盛了咖哩飯的托盤放在桌上。

「來，快趁熱吃吧。」

「嗯，謝謝哥哥。」

莉莉佳拿著塑膠湯匙吃起了咖哩飯。看到她吃得津津有味的樣子，雅人忍不住用力握著手。

莉莉佳吃完飯後，雅人張開僵硬的嘴唇說道：

「莉莉佳，好不好吃？」

「嗯，好好吃喔。」

「是嗎……？真是太好了。」

雅人摸摸莉莉佳的頭說。

「對了，莉莉佳……哥哥有重要的事情……要跟妳說。」

「重要的事？是國王遊戲嗎？」

「妳知道國王遊戲？」

「是媽媽告訴我的。她說國王遊戲的命令一定要遵守才行，不然就會受懲罰，媽媽還要我小心。」

「是嗎……」

雅人的喉嚨發出咕嚕的聲音。

「莉莉佳，妳知道嗎？照這情況來看，妳可能會受到懲罰。」

「莉莉佳會受到懲罰嗎？」

「嗯。因為那是一個必須做壞事的命令。」

「做壞事？莉莉佳不做壞事。」

「可是，妳不怕受到懲罰嗎？」

「嗯……」

莉莉佳細瘦的雙手環抱，發出可愛的沉吟聲。

「對，莉莉佳不想做壞事，所以懲罰的事只好忍耐了。」

「……忍耐？莉莉佳……妳真是了不起。」

雅人摸著莉莉佳的頭，拼命地擠出笑容。

「好！今天哥哥就陪莉莉佳玩吧。」

「咦？哥哥要陪我玩嗎？」

「是啊，因為秋山校長說，今天我不用站崗，可以在這裡陪莉莉佳玩一整天。」

「太好了！那麼，我們來玩紙牌遊戲吧。」

莉莉佳開始整理桌面上一堆畫著怪獸圖案的紙牌。

「這是篠原老師拿來的雜誌附錄。上面說，這些紙牌可以玩對戰。」

「啊、可是，哥哥不知道怎麼玩耶。」

「我會教你。剛才我看過遊戲規則了。」

「是嗎？好，那我們來玩紙牌遊戲吧。」

「嗯，莉莉佳不會輸的。」

說完，莉莉佳開始興奮地發紙牌。

紙牌遊戲是給小學低年級小朋友玩的遊戲。雙方同時把紙牌亮出來，數字大的一方贏。雖然遊戲規則很簡單，不過因為莉莉佳和雅人玩得非常開心，所以玩了好幾輪。

贏的時候開心，輸的時候懊悔。看著玩得一臉認真的莉莉佳，雅人伸手擦拭即將奪眶而出的淚水。

【9月22日（星期三）晚間11點50分】

門咯啦一聲開啟，秋山和篠原面色凝重地走進教室。

「雅人，可以耽誤你一點時間嗎？」

「好……莉莉佳，妳在這裡等一下。」

雅人放下紙牌，走向秋山。

「秋山校長，國王遊戲的命令怎麼樣了？警察找到香鈴了嗎？」

「……沒有，沒有新的情報。這次的命令應該會繼續吧。」

「唔……」

雅人的牙關發出喀哩喀哩的聲音。

「他們在搞什麼！不是說會盡全力解除命令的嗎！」

「警方也盡力了吧。」

「盡力？盡了力卻無法解除命令，這樣又有什麼意義呢！再這樣下去，莉莉佳就要受罰了啊……」

這時候，莉莉佳走過來碰了一下雅人的手。

「雅人哥哥，莉莉佳不要緊的。」

莉莉佳彎起雙臂，在胸前做出握拳的姿勢。

「莉莉佳會忍耐的！」

「嗚嗚……嗚嗚……」

雅人跪在地上，緊緊抱住莉莉佳。

「對……對不起，莉莉佳……。這次的懲罰……可能會很痛……」

「會很痛嗎？」

「嗚……是啊，說不定會死掉。」

「死掉？去天國嗎？」

「……」

雅人泣不成聲，無法回答莉莉佳的問題。

——實在太殘忍了。莉莉佳才7歲啊，為什麼非得受懲罰不可！她又沒有犯什麼錯。

「雅人哥哥，莉莉佳死掉的話，你會很難過嗎？」

「嗯，哥哥當然會很難過啊！」

「那麼，莉莉佳會加油的，就算再痛也會忍耐。」

莉莉佳笑著說。

「莉莉佳每次去看牙醫的時候都會忍耐。所以我答應哥哥，國王遊戲的懲罰也會忍耐的。」

「是……是嗎？莉莉佳……好勇敢。」

「嗯嗯，所以，雅人哥哥，你不要哭了。」

「莉莉……佳……」

秋山抓著雅人的肩膀。

「雅人，你差不多該離開教室了。」

「咦？離開……教室？」

「是啊，因為你還未成年，不能讓你看到莉莉佳死去的樣子。」

「可、可是我……」

站在秋山旁邊的篠原，皺起工整的雙眉搖搖頭說道：

「雅人，你聽我們說，莉莉佳不一定是ＡＢ型。可是如果她真的是ＡＢ型，很可能會受到國王遊戲的懲罰。你和莉莉佳的感情那麼好，還是不要留在現場吧。」

「可是這樣的話，莉莉佳一個人會很寂寞的。」

「我們會在這裡。秋山校長和我會陪著莉莉佳。」

「篠原老師也會在？」

「是啊。我會陪著莉莉佳，不管發生任何情況。」

臉色蒼白的篠原握著雅人的手說。

「這是大人的事，我必須做見證。」

「篠原老師……」

看到篠原認真的表情，雅人知道她已經做好心理準備了。

雅人站在教室門口回頭看去，莉莉佳微笑地向他揮手。

「雅人哥哥，你要等到懲罰結束喔！」

「嗯，好，我會在走廊等的。」
雅人用顫抖的聲音回答。
「等結束後，我們再一起玩紙牌。」
「嗯，結束後再一起玩。」
雅人不忍心再看莉莉佳的臉，很快地關上教室的門。
美咲與和彥也站在走廊等待，兩個人都哭紅了雙眼。美咲無言地握著雅人的手，雅人也用力回握她。
電池式提燈的光線，從門的縫隙間透了出來。雅人和美咲兩人雙手交握，默默地祈禱著。
——不用擔心。雖然國王遊戲的命令沒有解除，不過莉莉佳也有可能不是AB型！老天爺一定會保佑莉莉佳的！
教室裡什麼聲音都沒有傳出來。寂靜的氣息讓雅人幾乎快要抓狂。
彷彿已經在走廊等了好幾個小時一樣。
——已經過了12點了。莉莉佳她還活著嗎？她沒有受到懲罰吧？
美咲的嘴唇不停地顫抖，她靠近雅人的耳邊低聲問：
「雅人，莉莉佳她沒事吧？」
「啊……嗯。一定沒事的。莉莉佳應該不會死。」
「可是……」
「沒有可是。那麼乖巧的孩子不可能會死！老天爺不可能對她那麼殘忍的！」

「嗯……嗯。你說得對。」

「沒錯。一定不會有事的。」

這時候，教室的門打開，篠原走了出來。雅人趕緊跑上前去。

「篠、篠原老師，莉莉佳她沒事吧？」

篠原握著雅人的手，慢慢地開口說：

「雅人……你要好好地稱讚她。」

「稱……稱讚？」

「嗯。莉莉佳她很勇敢，雖然流了很多血，可是一直在忍耐。因為她答應過你。」

「答……答應過我……」

「是的……她說，她和雅人哥哥約好，所以要忍耐。明明很痛苦，莉莉佳卻沒有哭，一直到死。」

「一直到死……」

雅人的血瞬間凝結了，雙腳不停地顫抖。

「不、不會的！莉莉佳應該不會死啊！她是勇敢的孩子！不應該死的！」

「……」

「會變成這樣，真的很無奈。」

雅人搖搖晃晃地往教室走去，被篠原阻止了。

「不行！你不能進去！」

「騙人！我不相信！」

雅人揮開篠原的手，衝進教室裡。

首先映入眼簾的是秋山寬厚的背影。接著，終於看到莉莉佳的屍體躺在教室後面的地板上。她的臉完全變成白色，身體用被血染成紅色的窗簾包裹著。

看到這幕光景的瞬間，雅人的眼淚潰堤了。他衝向莉莉佳的屍體，抱起那已經冰冷的小小身軀。

「太殘忍了……太殘忍了！為什麼莉莉佳非死不可啊！」

雅人慟哭的聲音在教室裡迴盪著。

第4章

命令4

9/23 [THU] AM 00:16

【9月23日（星期四）午夜0點16分】

突然間，教室裡響起了收到簡訊的鈴聲。

雅人以緩慢的動作從口袋裡抽出智慧型手機，看了液晶螢幕一眼，上頭顯示了最新收到的國王遊戲簡訊。

【9／23星期四00：16　寄件者：國王　主旨：國王遊戲　本文：這是所有居住在北海道的人所進行的國王遊戲。國王的命令絕對要在24小時內達成。※不允許中途棄權。※命令4：擁有20歲以下子女的父母親必須自殺。如果不服從命令，子女將受到懲罰。　END】

「父母親要自殺……」

雅人的雙眼泛起血絲，睜得大大的。

「開、開什麼玩笑！混帳！」

雅人馬上撥打父母的手機，但是兩人都聯絡不上。和彥把手機靠在耳邊叫道：

「不行！老爸和老媽的手機都撥不通。」

「我也撥不通。不過我是打給親戚的阿姨。」

美咲的嘴唇顫抖著，緊緊握住手機。

「香鈴那傢伙……打算繼續殺人嗎！」

雅人咬緊了牙關。

——這次的命令同樣一定會有人死亡。不是父母親死去，就是孩子死去。香鈴居然發出這樣的命令。
雅人想起，香鈴的父母是為了保護香鈴不被歹徒傷害，才會死去的。
「對了，香鈴的父母是為了保護香鈴不被歹徒傷害，才會死去的。」
「啊……這麼說，這道命令是……」
美咲的視線回到手機的螢幕上。
「該不會，香鈴想要知道，其他人的父母是不是跟她的父母一樣，有同樣犧牲自我的覺悟吧？」
「可是，電話和簡訊都不通，就連災害用留言板也不知道是不是在正常運作當中，該怎麼取得聯繫呢？我的老家在帶廣，雅人的老家在釧路吧，這不是隨便走兩步就能抵達的距離啊。」
「可惡……和彥，你的老家在哪裡？」
「我的老家在別海町，比你們的老家更遠，更不可能來得及趕回去。」
和彥用拳頭捶打眼前的桌子。
「香鈴那傢伙，要是被我逮到，絕對要狠狠揍她一頓！」
「看來，唯一的方法就是先抓到香鈴了。」
雅人皺起了眉頭。
「香鈴在札幌市區一定有個藏身之處，只要我們能夠找到香鈴或是奈米女王，這次的命令應該就能夠解除了。」
「可是，她會躲在札幌市區的哪裡？我們連一點線索都沒有啊。」

「即使如此，也必須想辦法找到她！而且越快越好！」

雅人的視線轉向被窗簾包裹著的莉莉佳。

——莉莉佳，對不起。哥哥應該多陪陪妳才對。但是，現在哥哥有更重要的事要去做。

「一定要趕緊抓到香鈴！」

【9月23日（星期四）清晨5點19分】

「秋山校長、篠原老師，感謝你們的協助。」

在校門口，雅人一行人對秋山和篠原鞠躬致意。

「不過，我們真的可以拿走這麼多糧食和水嗎？就連手電筒和提燈都交給我們。之後恐怕還會有很多人來到這所中學避難啊。」

「因為你們肩負著重要的任務。」

秋山把視線移向雅人攜帶的那個鼓脹的背包。

「其實，照理說我們應該跟你們一起去才對，但是我們這把年紀，沒力氣在札幌市區奔跑了。再說，我們還得顧著這個避難所。」

「是，我明白。來避難的人們，就靠你們照顧了。接下來，有些父母親可能會……」

「嗯，只要國王遊戲的命令能夠解除，家族全員就都能夠存活下去。目前，我們也只能這樣抱著希望了。」

秋山瞄了身後的校舍一眼。

「我的兒子已經長大成人，在大阪工作。可惜的是，一直沒能取得聯繫。」

「他一定也很擔心秋山先生您吧。」

「是啊，為了我的兒子，我得要好好活下去才行。」

「是的。」

雅人用力地點點頭，篠原也握緊了雅人的手。

「雅人，你要多保重啊。我想，札幌應該有很多 CHILD 才對。」

「是，我也要感謝篠原老師。您為了莉莉佳，摘了好多花製作花壇呢。」

「我會好好安葬她的，你放心吧。」

篠原的淚水在眼眶裡打轉。

「你們三個，絕對不能死。我們一定會再見面的！等到北海道恢復昔日的平靜之後。」

「是啊！一定會的！」

雅人用力握緊篠原的手，深深地低頭致謝。

雅人一行人走出校園後，開始步行走向札幌。朝陽照亮了塞在公路上的汽車擋風玻璃，在那些擋風玻璃的後方，則是一具具燒成焦黑的屍體。

雅人對走在他身後的美咲與和彥說：

「美咲、和彥，你們要做好心理準備。想要盡快趕到札幌，走公路是最快的，但是相對的，也會看到許多令人難以忍受的景象。」

「我明白，畢竟現在時間寶貴。」

美咲臉色蒼白地回答。

「一定要盡快找到香鈴，叫她解除國王遊戲的命令。」

「這就叫 TIME IS MONEY 對吧。」

和彥手上抓著鐵管，敲打著柏油路面。
「好！護衛這方面就交給我吧。只要有了這根鐵管，就算遇到CHILD，也能打成平手了。」
「嗯，就拜託你囉，和彥。」
雅人這麼說著，然後越過塞滿了汽車的公路。
雅人他們默默地走在公路上。公路上停放著許多車輛，而且到處都有屍體橫躺著。面向公路的公寓陽台上，有大人和小孩上吊自殺，雙腳還被風吹得輕輕搖晃。
這麼令人難過的情景，雅人看了不由得咬緊嘴唇，然後別開視線。
「他們是全家自殺嗎？」
「大概是吧。」
美咲用手摀著嘴巴，這樣回答。
「他們大概認為，留下孩子的話，孩子也無法自己活下去吧……」
「可惡！在這種時刻，大人們不努力一點怎麼行呢！」
「嗯……嗯。就連政府也拼命想要解除國王遊戲的命令，怎麼能輕易放棄呢。」
「和彥，有新的情報嗎？」
雅人對著一直低頭把玩手機的和彥這麼問道。
「嗯，大部分的網站都連不上了。收音機從剛才開始，就一直播送著相同的內容。」
「意思就是沒有什麼有價值的情報囉。」

「沒有，有些人主張要自殺，有些人主張要冷靜行動，反正都是這些理所當然的話。」

「是嗎……」

雅人呼地嘆了一口氣，用手背擦掉額頭上浮現的汗水。

抬頭看看天空，黃色的太陽高高掛在正上方。周圍的天空則像是被顏料塗滿似的一片湛藍，沒有一絲雲朵。

把視線從這麼美麗的天空往下移，卻只見地面上一片如同地獄般的光景。有些建築物仍舊在冒著黑煙，道路上散落著屍體，屍體周圍有無數的蒼蠅飛舞，一陣陣的風，把屍臭味傳了過來，讓雅人不禁歪著臉，露出難受的表情。

「到底死了多少人啊？」

就在此時，雅人的視野中出現了會動的東西。在大卡車的旁邊，有個穿著警察制服的人，朝他們的方向揮手。

「喂！你們還好吧？」

那個人一面大喊，一面朝雅人他們的方向跑了過來。

「我是八雲警察署的人，你們在這裡做什麼？」

「啊、太好了，遇到警察啦。」

雅人的瞳孔發出了光芒，朝那個人跑去。

「我們知道有關香鈴的情報。」

「香鈴？你是指那個再生的幹部冰室香鈴嗎？」

「是的。香鈴應該是在札幌市內，雖然不清楚她確切的位置就是了。」
「札幌市內？你們怎麼會得到這樣的情報？」
「是和香鈴交談時得知的。她說奈米女王就藏在札幌的某個地方。」
「某個地方……可是你們並不知道在哪裡，是吧？」
「是，還不知道。」
「是嗎……」
那男人用右手摸著下巴，往右側歪著頭思考。
「好！總之，你們先來警察署一趟，去警察署應該就能和道廳取得聯繫了。」
「我明白了。」
雅人於是邁開步伐，想要跟那男人走，但是，後頭的美咲一把抓住了他的手臂。
「雅人，等一下！」
「嗯？怎麼了？美咲。」
「別說那麼多，過來一下！」
美咲硬把雅人拉過來，那男人則是用難以理解的眼神望著美咲。
「怎麼了？你們不來嗎？」
「為什麼你會出現在這種地方呢？」
美咲用銳利的眼神瞪著那個男人。
「而且，就你一個人單獨行動，不是很古怪嗎？」

「我是要指引民眾前往避難所啊。畢竟，缺乏糧食和飲水的人會越來越多。至於我單獨一個人，是由於警察人數不足的緣故。因為 CHILD 最先襲擊的就是警察署。」

「你知道 CHILD 的事吧？」

「當然啦，道廳已經通知警方了，再說，網路上不也可以搜尋到相關資訊嗎？」

男人露出困擾的表情，用手抓了抓頭。

「真是拿妳沒轍，妳該不會懷疑我是 CHILD 吧？」

「喂、喂，美咲。」

雅人把手放在美咲的肩膀上。

「這位先生是警察啊！」

「但是這也不表示他絕對不是 CHILD。再說，你看看他的雙腳。」

「雙腳？」

見到警察制服的長褲褲腳被染成紅色，雅人的臉色一變。他馬上抽出插在皮帶上的刀，對著那個男人。

「這、這是怎麼回事？你的褲子為什麼沾了血跡？」

聽到雅人這樣詢問，男人無奈地回答：

「喔，這個啊，是我搬運受傷的人所沾到的血跡。」

「受傷的人？真的嗎？」

「當然是真的。我也明白你們為什麼會疑神疑鬼，想必一定是遭遇到很危險的狀況對吧。」

「……把你的警察手冊拿給我看。」
雅人維持著原來的持刀姿勢，往後退了一步。
「既然是警察，就應該有警察手冊吧？」
「警察手冊啊……可惜，我剛才弄丟了。」
「弄丟了？弄丟警察手冊？」
「是啊，現在這種時局，難免會發生各式各樣的意外嘛。」
「我明白了，那麼，我們就不跟你一起走了。」
「不跟我走嗎？」
那男人保持著臉上的笑容，往前跨出一步。
「那怎麼行呢，我也有冰室香鈴的情報要跟你們說呢。」
「要說就快說，我們會自己前往札幌的。」
「是嗎……可惜，手槍裡沒有子彈了，有子彈的話多輕鬆啊……」
那男人一邊這麼說，一邊從制服口袋裡拿出了一把刀。
「嘔……嘔噗……」
男人的口中突然竄出了肉色的觸手，觸手的本體呈現S字形，尖端的鋸齒朝向雅人。
「快閃開！雅人！」
雅人背後的和彥跳了出來，順勢舉起鐵管，用力打在那男人的頭上。只聽見喀啦一聲悶響，男人的脖子便以不自然的角度彎曲而下。

「咕……唔……」

即使如此，那男人仍舊沒有停止行動。他用觸手和刀子攻擊和彥，和彥好幾次拿鐵管毆打男人的身體，但是他的觸手卻纏上了和彥的手臂，用力地盤了下去。

「唔啊啊！可惡！」

和彥按著手臂上的傷口，退了下來，這次換雅人衝向那個男人。他拿刀用力刺進男人的胸口，然後用腳猛踹他的腹部。

男人的胸口插著刀，往後仰倒在地面上。這時和彥趕上來，再用鐵管猛打那個男人的頭部。只聽見啪啦一聲，男人的眼球就被打爛了。

「和彥，夠了。」

和彥持續用鐵管毆打男人的頭部，雅人伸手抓住了他。那男人的身體像是融化的蠟燭一樣變成了白色，從口中伸出的觸手也不再晃動了。

和彥按著流血的手臂，大口喘著氣。

「死、死了嗎？」

「大概吧。上次也是，身體變成白色之後就死掉了。」

雅人用鞋頭踢了踢那男人的側腹，沒有任何反應。他呼地鬆了一口氣，從那男人的胸口拔出刀子。

「美咲，多虧了妳，居然會注意到他的褲子上有血跡。」

「不光是這樣而已。」

美咲看著那個一動也不動的男人，繼續說道：

「這個人，毫無顧忌地就朝我們的方向跑來，彷彿他早就確信我們三個人不是CHILD一樣。」

「啊……原來如此。我看到他的警察制服，就相信了他。但是，從他的角度來看的話，在無法確認我們是不是CHILD還是一般人類之前，就對我們這麼缺乏警覺，的確是很古怪。」

「之後我們得要更加提高警覺才行了，如果札幌有很多CHILD集結的話，遭遇到CHILD的機率一定會更高。」

「是啊，得要更留意了……」

雅人用力地點點頭。

這時，突然聽到和彥發出短促的哀嚎聲，指著卡車的後方。

「雅、雅人……這、這是……」

「怎麼了？和彥。」

雅人繞到卡車後方，照著和彥所指的方向望去，看到了卡車的貨斗。那一瞬間，雅人的身體僵硬了。在貨斗上，堆積著數十具屍體，那些屍體大多被砍下頭部，貨斗的底部因此積滿了血水。

「全都是那傢伙幹的嗎？」

「或、或許是吧。因為那傢伙穿著警察制服，很多人就毫無警覺地靠近他了。」

「可……可惡！」

雅人用力地朝卡車的貨斗後門捶了一拳。那些吸附在屍體上的蒼蠅，同時飛了起來，看起來就像是一大片的黑影，在雅人眼中，猶如死神一般。

【9月23日（星期四）下午3點30分】

突然間，公路前方傳來一陣摩托車的排氣聲浪。

「美咲、和彥，快壓低身子！」

跟在雅人身後的兩人，聽到這個指示，馬上蹲了下來，朝著側倒的大型巴士跑去，然後從破碎的車窗眺望公路遠方，只見到幾個穿著皮夾克的年輕人，騎著摩托車，在前方的十字路口打轉繞圈子。

在騎車的人四周，則有好幾個男人發出吵雜的笑鬧聲。他們手拿著長長的棒子，棒子頂端插著CHILD的頭顱。

「他們是什麼人啊？」

「應該是……人類吧？」

一旁的和彥，小聲地在雅人的耳邊說道。

「如果是CHILD，應該不會做這麼蠢的事情才對。」

「嗯，再說，他們手上拿的棒子，插著CHILD的頭顱……啊……」

雅人的話才說到一半，就停了下來。

「不……不會吧？」

「怎麼了，雅人？」

「他……他們插著的頭顱，有些是人類的。」

雅人用顫抖的手，指向那個被串刺在棒子尖端的人類頭顱。那個頭看來是個中年男子，臉色已經發黑，明顯和其他CHILD的白色頭顱不同。

在摩托車的引擎聲中，能夠聽到那些男人的交談。

「好耶！這麼一來，我就宰了2隻CHILD啦！」

「我宰了1隻CHILD和2個人類！所以我贏啦！」

「別蠢了！殺一個人類只能算半分，所以你跟我一樣都只有2分。」

「那麼我逼我那蠢蛋老爸和老媽上吊死了，這樣加一加也算1分吧。」

「要這樣算的話，大家不是都有1分嗎？父母親不算數啦。」

「咦！那我還沒有殺死半個人耶！」

「要殺就殺CHILD，分數比較高，而且這樣才叫英雄啊！」

「你們還只是高中生，CHILD的毒性對你們無效，可是我已經20歲了，對我很不利啊。」

「前輩！這就叫做讓分啊，年紀大的要禮讓一下嘛！」

「算了，管他的，反正只要我多殺幾個人，就可以扯平了。」

「我要成為失落的世代殺人王！」

「那是漫畫裡的劇情吧！」

雅人感到口乾舌燥，用舌頭舔了舔自己乾渴的嘴。不知不覺中，T恤胸前的部分已經被汗水給浸濕了。

「那些神經病在想什麼啊？居然以殺人為樂？」

「不光是殺人而已，好像連自己的父母也不放過呢。」
和彥用出汗的手掌扶著巴士的車體。
「他們都想要逃過國王遊戲的懲罰，才會那麼做。畢竟，如果父母不肯自殺的話，就要輪到孩子受懲罰死去了。」
「因為這樣，就可以下手殺死父母親嗎？」
這時，一輛摩托車突然停了下來，頭髮染成棕色的騎士，朝雅人他們所在的方向張望。
「喂、喂！有女人、有女人耶！」
男人伸手指向雅人身旁的美咲。
「還有男的！3個人，總共有3個人！」
那群人聽到這話，都停下了動作，所有人都把視線轉向巴士後方的雅人一行人。
「好耶！得分的機會來啦！」
「蠢蛋！不能把女人殺死，要殺只能殺男人！」
「我知道啦！」
「可是，如果他們是CHILD的話，該怎麼辦？」
「那有什麼關係，反正他們的毒性對我們無效。」
「好！最先抓到那個女人的傢伙，有權利第一個上了她！」
「我、我、我要當第一個！」
那群男人發出笑聲，朝雅人他們的方向接近。

「快逃！美咲、和彥！」

雅人抓著美咲的手，拔腿狂奔，和彥則是跟在後頭。

——可惡！現在不是人類與人類互相爭鬥的時候啊！開什麼玩笑！

往背後一看，那群男人已經越過了側倒的巴士，臉上露出瘋狂的笑容。偏偏在逃命的時候，手腳卻覺得異常沉重，要是被他們追上的話，雅人與和彥一定會被殺死，美咲則是會被他們強姦吧。

雅人的汗水滲入了眼眶，他瞇起眼睛，朝四周張望。在公路的一旁，有一棟正在建造中的大廈，他馬上轉變了奔跑的方向。

「去那邊！逃到大廈裡面去！」

雅人他們穿越過玻璃碎裂的玄關大門，衝入建築物之中。

這棟大廈裡，到處堆積著建材，內牆則是還沒裝潢過的水泥牆壁。雅人迅速掃視建築物內部，朝大廈深處衝去。地上四散的玻璃碎片，嘰軋嘰軋地刮擦著他們的鞋底。

在陰暗的走廊前方，有一道金屬門扉，雅人他們打開那道門，爬上昏暗的階梯。這時，聽得見底下傳來那些男人的聲音。

「在上頭！他們往上面逃了！」

「女人女人女人！」

「你給我閃邊！我要第一個上！」

雅人緊握住美咲的手。

「快點！來這裡！」

雅人推開了一個上面漆著『12』的鐵門，進入內部，美咲與和彥也鑽進門內，雅人馬上將鐵門上鎖。幾秒鐘後，鐵門那一頭就傳來了鏘鏘鏘的聲響。

「可惡！他們把門給鎖上了！混蛋！」

「快開門！不開門的話，就把你們全都殺掉！」

「喂！叫人拿斧頭來！」

「哪裡有斧頭！而且，斧頭砍得壞這道鐵門嗎？這麼厚的門耶！」

「你打算放棄那個女人了嗎？我可不想放棄喔！」

「喂！快點開門！我們都是普通人。我們是要來幫助你們的。」

雅人不屑地嘖了一聲。

「事到如今，誰還相信你的話啊！」

雅人大口喘著氣，確認周遭的環境。這是一個空蕩蕩的房間，內牆沒有裝潢，大大的房間裡，有十幾根柱子支撐著天花板，周圍則是堆滿了建材，建材上又蓋滿了灰塵。玻璃窗可以看到射入的陽光。

「鐵門沒問題吧？」

美咲的嘴唇在顫抖，她把身子貼近雅人。

「要是他們破壞這道門的話……」

「我想應該沒問題，這是鋼鐵材質的門，即使用斧頭也不可能破壞的。」

雖然外頭不斷傳來敲打鐵門的聲音和男人的怒吼聲，但是鐵門紋風不動，看來相當牢靠的樣子。

「現在的問題，就在於有沒有其他的入口了……」

雅人鑽過建材之間的隙縫，走向電梯。他按一按電梯的按鈕，沒有反應。

「照這樣看來，這裡還沒有接上電源。」

「意思是……我們得救了嗎？」

和彥大大地嘆了一口氣，一屁股坐在滿是灰塵的地面上。

「真是糟糕，他們比空手道社的勇雄他們還要危險，根本無法溝通。」

「嗯，他們人數多，又以殺人為樂，不管是CHILD還是人類，都照殺不誤。」

「要是被他們逮到，我們一定會被殺的。真的，好險啊。」

「可是，接下來才是問題。那些人雖然無法闖進這裡，可是我們也沒辦法逃出去啊。」

「啊……對喔。這下糟了，不想出辦法的話，我們就無法去札幌了。」

「要是他們等得不耐煩，先放棄就好了。」

雅人看著鏗鏘作響的鐵門，皺緊了眉頭。

【9月23日（星期四）晚間11點12分】

「不行啊！那些傢伙還是在門的那一邊等著。」

拿著手電筒的和彥，回到了雅人和美咲所在的位置。

「我聽到他們竊竊私語，可是聽不清楚到底在說些什麼。」

「是嗎……他們還沒走嗎？」

雅人用右手按著窗戶玻璃，朝大樓外頭張望。在黑暗中，大樓正下方的公路上，能夠看到幾盞摩托車的車頭燈亮著。

「可惡！我們不能一直被他們堵在這裡啊。」

「他們的主要目標是美咲吧，啊、別誤會，這當然不是美咲的錯。」

「嗯，我明白。」

對著不斷搖手否認的和彥，美咲微笑地回答。

「到了這個地步，只好期待政府和警察有所行動了。尤其是這次的命令。」

「我們如今也只能祈禱了。」

雅人用拳頭捶了捶窗戶玻璃。

雅人他們把自己關在大廈的12樓，已經過了7個小時。那些人一直待在門的另一邊等候，偶爾會向室內的雅人他們大吼大叫。

「快點開門！現在不開門的話，待會一定要把你們宰掉。」

「不用擔心，我們是你們的同伴啊，放心地出來吧。」
「好！我們來交涉吧，只要你們交出那個女人，就送你們鮪魚罐頭和寵物罐頭，馬上就能吃的喔。」
「開門！開門！開門！快開門——！」
那些男人瘋狂地捶打鐵門，讓雅人感到無比恐懼。對方絕對不是那種能夠用道理溝通的人，這麼危險又凶暴的男人，集結在一起行動，實在是太可怕了。
「真的想不出什麼辦法嗎？雅人。」
和彥拿起了原先放在建材上的保特瓶。
「糧食和飲水都不成問題，問題是，不曉得會被他們困在這裡多久。」
「我知道，但是，現在還是不要輕舉妄動比較好，就等他們主動放棄吧。」
「要是他們肯放棄就好了。」
「有可能。如果門一直打不開，我想他們大概就會覺得無聊吧。」
「無聊？」
「嗯，他們似乎別有目的，並不是想待多久就待多久。所以，要是我們這裡毫無進展的話，他們就有可能會覺得無聊，轉而到別的地方去找目標吧。」
雅人瞄了鐵門的方向一眼。
「他們好像是以獵殺 CHILD 和人類為樂，所以，只要有目標就好，並不是非要殺死我們不可。」

「北海道居然有這麼可惡的傢伙！這跟殺人犯集團有什麼兩樣？」

「也可能是現況改變了他們。因為死了很多人，路上到處都是屍體，生命變得毫無價值，所以他們就改變了。」

「生命的價值……是嗎？喂，雅人，這5天以來，究竟死了多少人啊？」

「我也不知道。但是，我總覺得，雖然國王遊戲的命令會殺人，但是有更多的人並非死於國王遊戲的命令。比方說火災、還有人與人之間的爭鬥。」

說到這裡，雅人看著電池式的提燈，一旁放著小型的收音機。

「這或許就是香鈴的目的吧。就像AB型那道命令一樣，要人與人互相爭鬥，彼此猜忌。」

「咕！她想要看人與人互相殺戮的話，找那些狠得下心的人去自相殘殺，不就得了。乾脆叫那些人去和CHILD殺個痛快！」

此時，提燈的光突然照映出水泥柱子後方冒出的人影。

「嗨，你們聊得倒是挺開心的嘛。」

雅人的身體頓時僵硬，張著嘴巴說不出話來，臉頰則是不停地抽動。在他的視線前方，出現了十幾名男子。

「你、你們是從哪裡闖進來的……」

「就是從那道特別厚的鐵門走進來的啊。」

頭髮染成棕色的男子，右手抓著一串鑰匙，拿起來揮動著。

「真是辛苦啊，我們跑到這棟大樓的建設公司去，花了好幾個小時找鑰匙，找到的鑰匙可是有上百支呢。這下總算是開門進來啦。喔、我先自我介紹，我的名字叫誠也，他們叫、呃……裕太、明久、浩二……啊、我懶得說啦。」

「慢著，誠也，你要好好介紹所有的人啦！待會還有告白時刻呢。」

「哪有這回事！去找鑰匙的人是我耶，所以，這個女人是我的。」

誠也看著膽怯的美咲，用舌頭舔了舔嘴唇。

「這女人不錯呢，花時間去找鑰匙，果然是值得的。」

「喂！女人現在是寶物耶，大家一起分享啦。這是我們虐殺團的規矩，不是嗎？」

「哪有什麼規矩。再說，是誰隨便取了虐殺團這種名字的？」

「不然……叫弑親團怎麼樣？還是要叫幻影海賊團？」

「這跟海賊有什麼關係！阿哲，你真的很沒有品味耶。」

誠也露出訝異的表情，用手敲了阿哲的頭。看到這一幕，其他的男人都笑了出來。

「當然不能聽阿哲的囉，這傢伙從來不念書，只愛看漫畫。」

「對對對——我們組織的名字，當然要取個洋化一點的！」

「說到這個，我們也有幫忙找鑰匙，所以，女人應該要大家輪流上，當然，第一個上的是誠也。」

聽著大夥七嘴八舌地討論，誠也雙手環抱在胸前。

「嗯，這樣說也有道理。為了團隊的向心力，大家就輪流上吧。」

「啊！請等一下！」

雅人拿出放著糧食的背包，要遞給那些人。
「這裡面裝了飲水和食物，能不能放我們一馬？」
「嗄？這我們不是老早就說過了嗎？你怎麼腦袋還不清醒啊！」
「拜、拜託你們。假如不肯答應的話，那就得要打一場才行了。」
雅人一面低頭向誠也敬禮，一面從口袋裡拿出了折刀。
「現在不是人類與人類自相殘殺的時候吧？大家應該團結合作，去跟CHILD作戰才對啊。」
「哇啊！這傢伙有夠囉唆，都什麼情況了，還在想這種事。」
誠也臉上露出厭惡的表情，就像是吃了什麼很苦的藥似的。
「你想打的話，我也不在乎啦。我們總共有15個人，你們加上女人也才3個人，怎麼打都是我們贏嘛。」
「唔……」
「喂喂喂！你瞪什麼瞪啊，是你們運氣不好，還是認命吧。反正，在這種情況下，大家都活不久了。我不認為本州的人會來救我們，再說……嗯？」
誠也像是想到什麼似的，瞪著雅人的臉。
「你是……宮內雅人嗎？就是那個被稱為地方英雄的人？」
「嗯，就是我，我就是宮內雅人。」
雅人這麼回答，引來那群人一陣騷動。
「真的假的？就是上了北海道電視的那個傢伙嗎？」

「真的是他！好棒，我還是第一次見到名人呢。」
「就算他是名人，也照殺不誤。」
「好可憐喔！都沒有人願意饒他一命嗎？」
「沒有、沒有！我最討厭名人了。」
「應該說，殺了名人，積分可以增加3分。」
面對那群笑個不停的男人，和彥大聲叫道：
「喂！你們真的打算殺人嗎？我們並不是 CHILD 啊！」
「沒錯，我們就是要殺人。」
「這樣不好吧？我們正要趕去札幌，阻止國王遊戲喔！」
「何必阻止呢？反正這一回的命令，我們都已經過關啦。」
一個缺了門牙的男人，伸出他那穿了舌環的舌頭。
「國王遊戲要過關太簡單啦，比手機上的遊戲還要容易呢。」
「錯了！你們根本不明白這是怎麼回事！」
和彥用力地搖搖頭。
「國王遊戲的命令是出自一個名叫冰室香鈴的女人，那傢伙雖然下達的命令是要人類與人類自相殘殺，但是真正的目的是要用 CHILD 管理人類。如果香鈴認真起來的話，北海道的所有人類都會在一瞬間全部死光啊。」
「哼，那還真是不得了啊。你們阻止得了她嗎？」

「我、我也不知道行不行，不過，我們得要把香鈴的相關情報告訴警方，否則狀況會越來越糟。」

「那簡單，由我們去告訴警察就行了，你們就安心地去死吧。」

「唔……」

見到和彥語塞說不出話來的模樣，那群男人大笑出聲。

誠也從他的皮夾克裡抽出了刀子。

「好啦，就把這兩個男的宰了吧。有沒有人自願下手啊？」

「慢著，請等一下！」

躲在雅人背後的美咲，臉色蒼白地走向誠也。

「拜託你們，饒了雅人與和彥一命吧。」

「喔！喔喔喔！果然是個美人胚子。妳叫什麼名字啊？」

「我叫美咲，春野美咲。拜託你，拜託你放過他們兩人，我什麼都願意做。」

「什麼都願意嗎？」

誠也的眼睛反射著提燈的光，看起來格外閃亮。

「嗨，美咲小姐，妳真的什麼都願意做嗎？」

「是、是的。」

「那麼，就先從脫衣服開始吧。我想，大夥都很想看看吧。」

誠也的話，引來周圍男人的一陣歡呼聲。

「高明啊！不愧是誠也，這點子太好了！」
「好耶，這樣就能讓大夥開心一下了。」
「好！來弄個舞台吧！」
「美咲！」
雅人抓住美咲的肩膀。
「妳不用對他們言聽計從！我要跟他們對打，即使對方有十幾個人，我也要拼一拼！」
「雅人你閉嘴！我一點也不在乎這點小事。」
「不在乎……妳要在這些混蛋面前脫光衣服耶。」
「這根本沒什麼，總比雅人你們被殺死來得好多了。」
美咲把右手按在雅人的胸膛上，臉上露出微笑。
「我沒關係的，現在需要的只是……忍耐而已。」
「美咲……」
雅人和美咲凝望著彼此，美咲放在雅人胸口的手，略微顫抖著，於是雅人把自己的手按在美咲的手上。
「妳怎麼決定啊？美咲小姐。」
誠也用手指摸摸美咲的半長髮。
「我們隨時可能改變心意，動手宰了這兩個傢伙喔。」
「我願意脫！」

「好極了！這樣才對嘛。那麼，請妳站到那個板子上去吧。喂！各位，用燈光照亮美咲吧！」

所有的手電筒燈光，同時照亮了美咲的身體。美咲強撐著臉上的表情，雅人看著她，腦袋已經無法思考。他發出怒吼聲衝向誠也，但是在碰到誠也之前，就被幾個男人一把抓住了手臂。

「喂喂喂，不要妨礙我們，名人！」

「可惡！放開我！放開我！」

雅人拼命地掙扎，但是那些男人把他按倒在地上。和彥也是，跟雅人一樣被那些人壓制在地上無法動彈。

「住手！美咲，不要這樣！不要……唔咕……」

那個缺了門牙的人，拿了一條髒兮兮的毛巾塞進雅人的嘴巴。

「你給我閉嘴。接下來我們還要好好享受呢。」

「唔唔！唔唔……」

【9月23日（星期四）晚間11點44分】

被眼淚弄得一片朦朧的視線中央，是被眾人的手電筒照亮的美咲。美咲站在層層疊起的木板台子上，解開了襯衫的鈕釦。她每解開一顆鈕釦，周圍就傳來一陣歡呼聲和口哨聲。

「嗶──嗶──美咲小姐，好可愛啊！」

「妳要脫得帶有情色感才行，而且，還要有笑容。」

「我把過程拍成影片好了，以後還能派上用場呢。」

「你想拍下影片做什麼啊，嘻嘻嘻！」

雅人咬緊了塞在嘴裡的毛巾，睜大雙眼，看見美咲脫得只剩下內衣褲。美咲用雙手摀住胸部，身體因為屈辱而顫抖不止。

──美咲……對不起，要是我有能力反抗的話……

雅人的眼淚忍不住落下，滴在水泥地面上。

「好耶！內褲果然還是白色的最好看。接下來，把那可愛的胸罩給脫下來吧。」

誠也說話的口吻，活像是正在替模特兒拍照的攝影師一般。

「眼睛看這邊，要帶有一點挑逗的眼神。對對對，用輕佻的眼神看著我最棒了！」

「你這個低級的傢伙！」

「喂喂喂！妳可以說這種話嗎？美咲小姐，如果妳還是這種態度的話，我隨時可以變更戲碼，換成殺戮表演喔。」

誠也看著被同夥壓在地上的雅人與和彥。

「你太可惡了！」

和彥叫道。

「美咲，不用聽這些傢伙的話，我寧願跟他們對打，就算是面對十幾個人，我也要打！」

「喔喔，了不起，你是哪裡來的勇士啊？莫非你藏著什麼傳奇的寶劍？還是說，你只要唸一唸咒語，就能消滅我們所有的人？」

「可惡！可惡啊啊啊！」

「喂！把這傢伙的嘴巴塞起來。啊、抱歉啦，美咲小姐，妳說該怎麼辦呢？」

「……我願意脫。」

「嗄？妳願意脫？應該說『拜託各位，看看我的裸體』才對吧？」

「……」

美咲咬著嘴唇，交叉在胸前的雙臂也不停地顫抖。

「咦？妳很不甘願是吧？既然如此，我也不想勉強妳。好，各位，脫衣舞取消了，現在變更為殺戮表演。阿哲！拿園藝剪刀來。我們把這兩個傢伙的手指一根一根剪掉。」

「嗯？有什麼事？美咲小姐。」

「慢著……等一下。」

「拜……拜託各位。」

美咲的嘴唇發出微弱的聲音。

「拜託各位，看看我的……裸體。」
「嗯？這是什麼態度，不甘願嗎？」
「不是的，我、我希望大家都來看。拜託各位，請看看我的裸體。」
「是嗎？既然美咲小姐這樣苦苦哀求，那麼，就再來演出脫衣舞吧。」
照在美咲身體上的手電筒燈光不斷地上下左右晃動，在嘲笑聲中，美咲解開了胸罩的鐵釦，台下的男人們頓時歡聲雷動。
被人強押在地上動彈不得的雅人，不忍地緊緊閉上雙眼。他不願再繼續看著美咲承受更多的屈辱。
——美咲承受這麼大的痛苦，我卻無能為力？什麼地方英雄！一個連自己的女朋友都保護不了的傢伙，算什麼英雄！
緊閉的雙眼流下了眼淚，只聽見那群男人喧嘩的笑聲。
「這傢伙居然在哭耶，真是丟人現眼。」
「哇哈哈！上電視的名人在哭耶！」
「喂！把眼睛睜開。看看美咲小姐，她為了救你們，有多麼努力啊。」
雅人的後腦杓被人一拳又一拳地打著，臉頰被按在冰冷的水泥地上。跨坐在身上的人，用力撐開他的眼皮，視線中可以看見笑嘻嘻的誠也。
「雅人，你應該要專心看著美咲小姐的表演啊。」
「唔唔——！唔唔……」

「你在說什麼？我聽不懂啦。啊，是不是在說『我想多看看美咲小姐那不知羞恥的模樣』？」

「知道啦！知道啦！交給我吧，我來實現你的心願……」

「唔——！唔唔唔！」

突然間，不知道什麼東西，從誠也的嘴巴掉到了地上。

「啊？什麼……」

誠也當場蹲了下來，撿起從口中掉落的東西。那是一顆白色的牙齒。

「喂！喂！為什麼……我的牙齒會掉下來？」

「是假牙掉了嗎？誠也。」

「才不是呢！我的牙齒全都是真的。」

誠也嘰哩咕嚕說話的同時，把手指伸進自己的嘴裡，他的手指才剛碰到牙齒，牙齒就一顆一顆脫落下來。

「嗄？這是……怎麼回事？」

「喂！我的牙齒也掉下來啦。」

其他的男人也發生了同樣的現象，他們互看著對方的嘴巴，開始吵嚷起來。誠也把塞在雅人嘴裡的毛巾抽了出來。

「喂！你幹了什麼好事？為什麼我的牙齒會掉下來？」

「我……我哪知道發生了什麼事啊！」

雅人瞪著誠也，這樣大叫道。

「嗄？你到底做了什麼？為什麼你的牙齒都沒事？」

張著牙齒全部掉光的大嘴，誠也揮拳重擊雅人的頭部。就在此時，誠也的食指和中指也跟著斷裂脫落，掉到了地上，就在雅人面前，手指的斷裂處冒出了血水。

「我……我的手指……」

誠也凝視著右手只剩3根手指的手掌，接著，他彎曲的手臂突然無力地下垂，從肩膀的部位斷開，噗咚一聲掉落在地上。

「啊……啊啊啊啊啊啊！」

誠也雙膝跪在地上，發出了高亢的哀嚎聲。

「怎麼回事？怎麼回事？唔啊……」

把雅人按在地上的壓力減輕了，他背後的那群男人也開始吵鬧起來。

「我、我的手指頭也掉了。這、這是怎麼回事？」

「啊啊啊。手臂……我的手臂掉了。」

「不、不會吧？為什麼，我的手……」

雅人無視於那些男人的哀嚎，馬上爬起身子，衝到美咲身旁。他撿起脫在地上的襯衫，交給了美咲。

「妳沒事吧，美咲？」

「嗯、嗯。我沒事。」

美咲拿起襯衫，遮在胸前，然後環顧四周。

「可是，這是怎麼回事？」

「我也不懂。」

雅人看著那群男人哀嚎不止，拼了命地想要撿起掉在地上的手指和手臂。在這些人之中，甚至有人雙手雙腳完全斷裂了。

一群人在地面上匍匐爬行著，提燈所照亮的水泥地上，到處都是血跡。

和彥把塞在嘴裡的毛巾拔了出來，跑到雅人他們身旁。

「這是怎麼回事？雅人，你做了什麼？」

「我哪有能力辦到這種事！」

「那為什麼就我們三個人沒事？我的牙齒、手指、手臂，都還是完整無缺。雅人和美咲也都很正常吧？」

「是啊，還是站得穩穩的。」

雅人用腳蹬一蹬地面和旁邊的建材。

這時，建材那邊突然伸出一隻滿是鮮血的左手，然後露出了誠也的臉。誠也沒有牙齒的嘴巴一張一合，同時仰望著雅人一行人。

「救……救救我……」

他眼中流出的眼淚被染成紅色，睜得大大的雙眼，就這麼從眼眶裡掉了出來。

「啊……眼睛……我的眼睛……」

誠也用手摸索著掉在地上的眼球，臉上原本有眼睛的兩個眼窩，流出黏稠的液體，從臉頰上滑落。周圍的那一群男人也是，哭泣聲和哀嚎聲不斷地傳入雅人的耳中。

「救……救救我。我什麼都看不見啦。」

「眼睛……我的眼睛到哪裡去了。」

「不要……我不想死、我不想死啊！」

那群男人的叫聲越來越微弱，最後，終於只剩下一片死寂。眼前的誠也橫躺在地上，一動也不動，應該是死掉了吧。

周圍充斥著血腥味，讓雅人感到噁心想吐。在被血水浸濕的地上，散落著那些男人的手臂、手指，以及眼球。

「好慘啊……」

「可是，我們卻因此得救了。」

和彥用手摀著嘴巴，拍拍雅人的肩膀。

「雖然我不清楚到底發生了什麼事，不過他們全都死光了。如果他們沒有死的話，我們今天一定會被他們殺死的。」

「這麼說也對，只是，為什麼會變成這樣呢？簡直就像是國王遊戲的懲罰一樣……」

這時，收音機裡突然傳來一個男人的聲音：

『現在播報緊急通知。從現在起的數十分鐘之內，極有可能會收到新的國王遊戲命令。請盡可能讓更多的人了解相關資訊。現在手機和電話的線路越來越難以接通，就算是不知道國王遊戲命令的人，也還是會受到牽連，請務必小心。這一次的命令，很遺憾無法解除，但是，住在北海道的各位，千萬不要放棄希望。不要自暴自棄、不要放棄。』

雅人從褲袋裡拿出智慧型手機，手機螢幕上顯示的時間是午夜0點21分。

「時間已經過了。他們一定是遭到國王遊戲的懲罰死掉了。」

「國王遊戲的懲罰？可是這樣說不通啊？他們不是說過，逼自己的父母上吊自殺了嗎？」

「那是被逼的，不是自殺，所以不算數，病毒應該是這樣判斷的吧。」

「啊……」

美咲用右手摀住嘴巴。

「為、為什麼我們還活著呢？」

「妳這樣問，我也……」

此時，雅人的心臟猛然一緊。

「這……這……」

「國王遊戲的命令並沒有被解除，所以，我們也應該要受到懲罰才對。如果沒有受到懲罰，就表示這道命令已經執行完畢了。」

「執行完畢是指……我父母他們……？」

雅人雙腳顫抖著。

「不、不會吧……」

突然間，雅人的智慧型手機發出了收到簡訊的鈴聲。當他看到螢幕畫面的那一剎那，雅人瞪大了眼睛，因為簡訊的寄件者是雅人的母親。

「是我媽，我媽傳簡訊給我。我媽還活著！」

雅人笑著確認簡訊的內容。

『我傳了好幾則簡訊給你，可是都聯絡不上，這應該是我最後一次傳簡訊了。我和你爸等一下就要自殺了，因為我們相信，雅人現在一定還活著。可是，請不要感到悲傷，我和你爸都很幸福。因為，能夠為了保護自己最愛的兒子而死去，是最幸福的事。雅人，現在的情況相當嚴峻，你一定要想盡辦法活下去。你爸和我都會為你的幸福而祈禱。能夠當你的父母親，是我們感到最光榮的一件事。謝謝你。』

「啊……」

雅人拿著智慧型手機的手不停地顫抖，眼淚滴落在螢幕的文字上，然後雙腿一軟，跪到了地上。

「媽……嗚嗚嗚……」

自從國王遊戲開始以來，他沒有收到任何一則父母傳來的簡訊。可是，這則簡訊卻成功傳達了。可以看得出來，這是母親昨天寫的內容，簡訊延遲了一段時間，才傳送到雅人的手機。這或許可以當作是母親的遺願所引發的奇蹟吧。

雅人流著眼淚，抬起頭，在他面前，站著淚流滿面的美咲與和彥。他們兩人也明白，自己能夠活著，就代表父母已經自殺身亡了。三個人就這麼當場崩潰痛哭。

「爸、媽，對不起……我對不起你們！」

「老爸、老媽……對不起，你們居然為了我……」

雅人此時握緊了拳頭。

「美咲、和彥，我們都有最了不起的父母，為了孩子，願意捨棄自己的性命。他們並不清楚我們是死是活，但是，他們都相信我們還活著，才會做出這樣的決定。」

他把雙手搭在兩人的肩膀上，拼了命地露出笑容。

「我非常敬愛我的父母，他們是最棒、最了不起的父母……嗚嗚！」

三個人當場都難過得哭了起來。

【9月24日（星期五）午夜0點14分】

在北海道道廳的廳舍會議室內，齊聚著數十個身穿西裝的男人。他們的表情僵硬，所有人的嘴巴都緊閉著。其中，一個有些禿頭的男人，一面拿手帕擦著汗，一面開口說道：

「藤澤知事，目前還沒找到冰室香鈴嗎？」

「很遺憾，目前還沒有逮捕到她的消息。」

這個姓藤澤的人，露出陰狠的目光。

「從各處還在運作的監視攝影機所蒐集到的情報指出，冰室香鈴極有可能留在札幌市內。只是，她潛伏在哪裡，我們並不清楚。」

「奈米女王的所在位置也無法確知囉？」

「嗯，我們搜索了札幌市內所有再生組織的設施，卻沒有找到任何一台電腦。」

藤澤咬牙切齒地說道。

「總之，一定要想辦法停止國王遊戲。就在此刻，說不定又發出了新的命令啊！」

藤澤的話，讓室內的這群人臉色鐵青。

「扣押下來的奈米女王，還沒有破解密碼嗎？」

「很抱歉，這個工作相當困難。」

一個年輕男子回答藤澤提出的問題。

「我們不眠不休地想辦法破解，但是，能否破解成功依然是未知數……」

「這怎麼行！再這樣下去，北海道就……不、凱爾德病毒的感染若是擴散開來，全日本都會滅亡，這絕對不是危言聳聽！」

在藤澤背後的高倉開口說：

「搜索冰室香鈴、破解奈米女王、研發凱爾德病毒的抗體，這三者是同時在進行的。只要任何一方得到了成果，應該就能解決國王遊戲的問題。再說，政府也全面動員了。」

「那些CHILD又該怎麼辦？」

「我們已經將生還的自衛隊員和警員編組成部隊，以集體作戰的方式對付那些CHILD。問題是，CHILD會擬態成人形發動攻擊，所以，他們有可能藏身在難民之中，導致整支部隊遭到殲滅。若是近距離作戰的話，又有毒性的問題，對我方來說相當不利。」

高倉一面看著資料，一面繼續說道：

「雖然這只是概略的估算，不過目前可能已經有超過一百萬人死亡，這種狀況繼續下去的話，死亡人數一定還會再繼續攀升。」

「一百萬人……」

會議室裡眾人議論紛紛。

坐在藤澤正對面的男人開口了。

「知事，怎麼沒有看到立花警務部長呢？」

「立花警務部長已經自殺了。」

「自、自殺？為什麼他要自殺？」

「因為他有個未成年的女兒。他知道這次國王遊戲的命令難以解除，所以，突然拔出手槍，朝自己的頭部開槍。」

「這、這實在是……」

「政府部門的職員，也有很多人為了救孩子而自殺身亡，因此造成許多作業推動困難。」

藤澤從高倉手上接過檔案，打開來看。

「照原本的預期，人類應該是處於最不利的狀況。可是，冰室香鈴和再生組織別有目的，想創造一個由CHILD來管理人類的世界，所以將命令改成了讓人類自相殘殺。從某個角度來看，這對我們來說其實也是一個機會。在她認真起來之前，我們如果能夠先一步讓國王遊戲喪失機能，到那個時候，我們就抵擋得住CHILD了。」

「如果能撐到本州前來支援的話……」

「這種假設太不切實際了，我們根本不應該抱持太大的期望。會議要是沒有建設性的意見，就乾脆不要召開了。」

一個略顯蒼老的中年人，抱著頭，眉間擠出了皺紋。

「北海道說不定已經沒救了。」

「我們在這裡開會的用意，就是要避免那樣的情況發生。」

藤澤斬釘截鐵地回答，臉上的表情變得更僵硬了。

「可是，也應該考慮最糟的狀況，不是嗎？」

「最糟的狀況？」

「就是日本政府為了消滅凱爾德病毒和 CHILD，對北海道發動攻擊。」

「怎、怎麼可能會有這種事！難道政府打算放棄我們了嗎？」

「照他們的判斷，也可能認為這樣做總比全日本都被 CHILD 支配來得好。畢竟犧牲北海道的五百萬人，就能拯救全日本了。」

藤澤的這句話，讓會議室內的所有人表情都凝重了起來。

【9月24日（星期五）午夜0點35分】

雅人一行人走出建設中的大廈，一輪滿月高掛在夜空，冷風吹拂著雅人他們的身體，把沾染在上面的血腥味給帶走。

三人默默無語地邁開步伐，走向深夜的札幌。

走在前頭的雅人，不時聽到後頭的美咲與和彥的啜泣聲，雅人強忍住悲傷，咬緊牙關，向前跨出步伐。

——不能哭！現在不是哭的時候。爸媽送給我這條命，不是要讓我悲傷哭泣的，而且我還有很多該做事。

「好！來唱歌吧！我來唱歌！」

雅人突然這樣喊道。和彥驚訝地看著雅人。

「喂、喂、雅人。你在說什麼啊，為什麼要唱歌？」

「有什麼關係，我現在想要唱歌啊。哭哭啼啼的也沒有什麼好處對吧？大家一起唱歌吧！」

「可是，要唱什麼歌呢？」

「什麼歌都好啊，能夠炒熱氣氛的最好。」

雅人放開嗓門，大聲唱起偶像的歌曲。

「我不會再哭泣，因為我已經下定了決心～♪」

「喂！你還真的唱起來啦？」

「可是，我的回憶～♪」

「雅人……好，我也要唱！」

和彥於是配合著雅人，一起大聲唱歌。

「美咲也來唱吧！現在什麼都不要去想。」

雅人對眼眶中滿是淚水的美咲這麼說道。

「在天國的父母，一定希望我們都很有精神，對吧！」

「嗯……嗯嗯。就是說啊……」

美咲用手背拭去眼淚，拼命裝出笑臉。

「我也要唱！」

「好啊！唱吧、唱吧！我們一起來合唱！」

雅人一行人放聲唱起歌來，彷彿這樣能暫時忘卻內心的悲哀一樣。

【9月24日（星期五）凌晨1點11分】

札幌市內的公寓大樓前，聚集了一群身穿迷彩服的男子。

「柿本，你確定嗎？」

手持89式步槍、體格壯碩的男人，這麼詢問身後的年輕男子。

「我什麼都沒看見啊。」

「絕對錯不了的！加藤班長。」

柿本露出興奮的表情，對加藤這麼報告。

「12樓的窗口看得到燈光，而且，那不是手電筒或是蠟燭的光，這一帶都處於停電狀態，卻只有那裡有電燈，所以絕對有問題。」

「嗯，看樣子他們擁有個人的發電機。」

「的確是這樣沒錯，問題是，現在那個燈光又熄滅了。我在想，對方大概知道我們的部隊接近了。」

「你的意思是，他們是再生組織和CHILD那些傢伙？」

「是！冰室香鈴之前就讀的是札幌市內的學校，所以，她躲在自己熟悉的地盤，是非常有可能的。如果這裡是他們的藏身之處，我們部隊就發達了。」

柿本舔了舔乾裂的嘴唇。

「要是抓到香鈴，就能夠升官晉級，對吧？」

「這樣說也沒錯，總之，不管是哪一種情況，都有前去調查的必要。」

加藤這麼說，引起身邊這群男人的騷動。

「加藤班長，就我們10個人夠嗎？要不要和其他部隊會合，一起進攻？」

「不，我認為柿本搞錯了，上面的居民，是因為見到我們，懷疑我們是CHILD，才會關掉電燈。」

「可是，如果他們真的是再生的幹部……」

「好，我明白了。」

加藤巡視所有的部下一眼，摸摸他那好幾天沒刮鬍子的下巴。

「全員都調整到單發射擊模式，在我沒有下令之前，不准開火。」

大家都認真地聽著，把步槍的選擇鈕切換到單發的位置。

這時，公寓大廈的玄關門口，走出來一位身穿黑色T恤與黑色長褲的12、13歲少年。少年緩緩地轉動脖子，仰頭看著天上的滿月。淡淡的月光，照亮了少年那對金色的瞳孔。

柿本趕緊提醒加藤。

「加藤班長，那傢伙是CHILD吧？瞳孔的顏色和一般人不同耶。」

「不、我沒見過金色瞳孔的CHILD。不過，他的模樣的確和人類不一樣。」

看著站立在玄關前的少年，加藤提高了聲調。

「說不定，真的被我們給碰上了。」

「嗯，這裡有CHILD出沒，就表示這一帶很可能有再生的信徒。」

「是啊，全員注意！高崎、竹岡，你們去盤問他。要是他膽敢抵抗，就不必猶豫，立刻開火。其他人為他們兩個提供掩護！」

「是！」

高崎和竹岡同時回答，開始朝少年的方向接近。

「喂！你在這裡做什麼？」

少年無視於高崎的訊問，只是用毫無情感的眼神，瞪著前方的高崎。

如此高傲的態度，引來高崎的不悅。

「你不要敬酒不吃吃罰酒，現在是緊急情況，我隨時都能開槍殺了你……唔……」

突然間，高崎說不出話來。因為少年的手，已經貫穿了他的身體。見到高崎的背部穿出了一隻手，一旁的竹岡發出驚叫聲。不過就在這時，少年左手的手刀已經劈向竹岡的嘴巴，把他的臉頰劈了開來。

「唔、開火！全員射擊！」

加藤維持射擊姿勢，這麼大叫著。這群男人將步槍對準少年，扣下了扳機。槍聲響起，子彈擊中了高崎的背部，少年舉著比自己還要高大的高崎，用他的身體當作盾牌，朝他們的方向衝了過去。

「停、停止射擊！」

加藤大聲下令，但是仍有幾個人遭到少年攻擊，子彈掃射貫穿了隊友，當場倒在地上。

「可惡！改用刺刀！」

加藤抽出刀子的瞬間，沾滿血跡的高崎屍體飛了過來，把加藤給撞倒在地。溫熱的液體頓時噴濺在加藤的臉上。

「哇啊啊！」

加藤一面用迷彩服袖子擦掉臉上的血跡，一面站起身來，他那被血跡所蒙蔽的視線，出現少年折斷自己部下脖子的情景。接著少年又扛起死者的屍體，擋下子彈。單手就能舉起人類的屍體，這樣的舉動，讓加藤看了不寒而慄。

「哇啊啊啊啊啊！」

加藤撿起掉在地上的89式步槍，扣下扳機。一旁的柿本也持續開火射擊。少年蒼白的手臂，肉片不斷飛散，不過即使如此，少年依然不停止攻擊。他從接近的男人手上奪過刀子，斜劈過男人的顏面。

「呀啊啊啊啊！」

男人發出哀嚎聲，用手摀著臉。少年對弓起身子的男人猛踢一腳，男人的身體便以「く」字形被踢飛到空中，撞上了路標。

扔下手上的刺刀，少年回過頭來看著自己的手臂。那隻被子彈擊傷的手臂，傷口開始膨脹隆起，肉隨即再生出來。

「這、這傢伙究竟是……」

柿本的手指離開了扳機，用沙啞的聲音說道：

「步槍應該可以殺死CHILD才對啊……」

少年迅速衝向楞在當場的柿本。

「咿……咿咿！」

柿本扔下89式步槍，轉頭打算逃跑，但是少年伸手一抓，攫起他的後頸，柿本就這樣雙腳騰空被舉了起來。

「哇啊啊！放、放、放開我！」

柿本的雙腳在空中胡亂踢著，少年就這樣單手舉起柿本，跨步走了起來。

「住、住手！住手……啊……」

柿本懇求饒命時，少年舉起他，用柿本的臉摩擦水泥牆壁，就這樣一面摩擦一面前進。慘叫聲不絕於耳，牆上沾滿了血肉。柿本的頭顱被磨到只剩下一半，另外一半則露出了粉紅色的大腦，啪噠一聲掉在地上。

「啊……啊啊啊……」

見到柿本死狀悽慘的模樣，加藤的雙腳忍不住顫抖。他率領的這支部隊，之前消滅過好幾隻CHILD。雖然CHILD的體能強過人類，但絕非不死之身。只要從遠距離用步槍射擊，絕對能夠擊斃。

可是，這個少年卻完全不同。即使被步槍射擊，傷口也會迅速復原，力量與速度都遠超過其他的CHILD。

「怎……怎麼會有這種事……」

才一眨眼的工夫，加藤所有的部下都被殺死了，他們的屍體散落在月光照耀的馬路上。

雙手染血的少年走向加藤，加藤一看到他金色的瞳孔，雙臂頓時起了雞皮疙瘩。

「咿咿咿咿！」

當加藤喉嚨發出悲鳴的瞬間，少年突然不見了蹤影，只感覺頭有點重。他睜開眼睛，見到少年單手抓著他的頭，把他高舉過自己的頭頂，加藤就這樣整個人頭下腳上被頂了起來。

「啊……」

接著，他的頭部感到一陣猛烈的衝擊，加藤視線中的景物都歪斜了，周邊的大樓都橫倒下來，空中的滿月跑到了視野的左邊。

加藤的嘴巴一張一合，無力地癱倒在地上。他拼了命地想要呼吸，但是卻無法吸入空氣。

「咕……嗚……」

然後加藤就這麼張大嘴巴，當場斷了氣。

「看來，好像結束了呢。」

在12樓的公寓陽台上，香鈴的長髮被風吹得飄了起來。她看著前方站在公寓前馬路上的那由他。在那由他的周圍，散落著身穿迷彩服的男人們的屍體。

「89式步槍這種程度的武器，怎麼可能殺得了那由他呢，根本連擋都擋不了。」

「可是，我們就不同了。」

房間裡傳來一個年輕男子的聲音。

「我們是普通的人類，一旦被步槍擊中，就會當場死亡。」

男子眼神直盯著香鈴。

「請您多注意一下自己的安全，畢竟，還是有可能遭到狙擊。」

「我知道。在CHILD管理人類的世界建構完成之前，我們是絕不能死的。」

「正是如此。因為香鈴大人是再生的高階領袖。」

「又不是我自願要當的。」

香鈴大大地伸了一個懶腰，返回屋內。屋內放著數台發電機，連結著桌上的電腦和螢幕。在電腦旁邊，則是放著一個金屬製的黑色箱子。

「快點進行吧，要是有別的部隊朝這裡過來就麻煩了，我們要盡快移動才行。」

「那麼，趕快把工作完成吧。」

香鈴坐到了電腦前方，手放在鍵盤上。她熟練地輸入密碼，螢幕上顯示奈米女王的程式已經啟動的文字。接著，香鈴輸入了命令，但是男子看了命令內容，卻不禁皺起眉頭。

「香鈴大人，這樣的命令，真的好嗎？」

「嗯？有什麼問題嗎？這樣一定可以引發混亂，而且絕對能夠減少人類的數量啊。」

「可是，應該想一些能夠限制警察行動的命令比較好吧？比方說，不准他們拿起槍械，這麼一來，軍隊就喪失戰力了。」

「那樣不行啦。」

香鈴一面敲打著鍵盤，一面回答：

「我們必須要證明人類是愚蠢的，這是再生的教義，也是開創新世界的序章。正因為人類愚蠢，才需要交由完美的生物CHILD來管理，用這樣的方式改變世界。」
「您說得沒錯，但是，萬一對方破解了奈米女王，可就麻煩了。」
「那是不可能的。就算他們破解了程式，也不可能對凱爾德病毒下達指令。」
香鈴叩叩叩地敲了敲連接電腦的金屬製黑色箱子。
「現在，除了這裡面的凱爾德病毒之外，其他病毒是無法接受命令的。就算另外撰寫程式，也不可能控制。再說……」
香鈴用粉紅色的舌頭舔了舔上唇。
「我非常期待。」
「期待……期待什麼？」
「我認為，人類是愚蠢的生物。可是，卻有人抱持著相反的意見。」
「您是說宮內雅人嗎？」
「嗯，雅人深信人類有無限的可能。所以，我要讓他明白，他所相信的全都是虛幻無意義的。」
「香鈴大人，您是不是太在意宮內雅人這個人了？」
「這是當然的，因為我喜歡他啊。」
「您是說真的嗎？」
男子用訝異的表情看著香鈴。
「您是在開玩笑對吧……」

「我才不是在開玩笑。我還想過要和他一起死呢。」

香鈴以宛如風鈴的聲音笑了出來。

「雅人的想法是錯的，可是，愛情這種東西，卻跟想法毫無關係。人啊，總是會喜歡上觀念和自己不同的人。」

「可是，我不認為他能夠通過這道命令的考驗。」

「如果真是這樣的話，那我也沒辦法了。只能說這是命吧。不過……」

「不過？」

「說不定他能夠過關喔。」

「我還是認為不可能。」

男子看著螢幕上顯示的文字。

「宮內雅人很可能會因此而死去吧。」

「的確，這個可能性很高。」

香鈴呼地嘆了一口氣。

「就算他能夠通過這道命令的考驗，雅人也會失去他最珍愛的人。」

香鈴的眼眸流露出妖豔的光輝，嘴角忍不住微微上揚。

「那麼，雅人，好好加油吧！」

香鈴用食指的指尖，按下了滑鼠的按鍵。

第5章

命令5

9/24 [FRI] AM 01:47

【9月24日（星期五）凌晨1點47分】

「怎麼還是洞爺湖啊！」

抬頭看著路標上寫的『洞爺湖』幾個大字，和彥唉聲嘆氣起來。

「這條路，真的能走到札幌去吧？」

「大概是吧。」

雅人看著智慧型手機上顯示的地圖，這麼回答。

「沿著這條路直走就會到喜茂別，越過中山隘口之後，就能抵達札幌了。當然，路上塞車這麼嚴重，不可能那麼快就走到的。」

「就是說啊，塞車塞成這樣，就算是騎腳踏車也很難穿越。假如是平常開車的話，一下子就能回到札幌了。」

「現在這種情況下，不管是汽車還是電車都不管用啦。」

「算了，別再抱怨啦，就當作是排球社的體能訓練吧。」

和彥鑽過側倒的輕型卡車和小客車之間的縫隙，突然停下了腳步。

「啊……有錄影帶出租店。」

和彥指著前方一棟兩層樓的大型建築物，在公路旁邊矗立著黃色的旗幟，店家的停車場裡停著好幾輛汽車。

「那裡說不定可以找到電池呢。畢竟手機也該充電了，我們去探查一下吧。」

「也對，超商的電池早就被搶光了，說不定在這裡還能找到一些物資。」

雅人他們保持警戒，向那棟建築物靠近。一樓的玻璃窗都被打破了，雅人用手電筒探照內部，地板上散落著遊戲軟體的包裝盒，在商店的更深處，整齊排列著書籍。確認過裡面沒有別人之後，他才放鬆緊握著手電筒的手。

「好像沒問題。這下剛好，我來買一些書吧。」

「書？你要買色情書刊嗎？」

「誰要在這裡買色情書刊啊！我要買的是地圖。老是使用手機上的地圖，電力消耗得太快了。」

「說得也是。那麼，就買一份札幌市區的詳細地圖吧。我去二樓看看。」

「嗯，拜託你了。」

雅人和美咲繼續在書架上搜尋有關地圖的書。

「我看看……要找北海道和札幌市的地圖，而且越詳盡越好。」

「啊、找到了，雅人！」

美咲從書架上抽出一本寫著【北海道】的書。

「謝了！這裡也有札幌市的地圖。有了這些地圖，就不必一直使用手機啦。」

雅人看了看書的封面與封底。

「呃……這個要900圓，那個要800圓。妳有沒有帶錢？」

「我有。」

「那妳借我５００圓，我之後再還妳。」
「沒關係啦，反正地圖是大家一起用的。」
美咲拿了５００圓硬幣給雅人，嘻嘻地笑了。
「不夠的話，叫和彥也分攤一些吧。」
「是啊，那傢伙平常零用錢最多了。」
「可是，我們這樣反而變成怪人了。」
「怪人？」
「嗯，因為這裡連個店員也沒有，想要什麼書，直接拿走就行啦。」
「或許是吧，在這種狀況下，這也是沒辦法的事。」
雅人嘆了一口氣，走向收銀機。就在收銀機前，停下了腳步。
「啊……」
雅人看到櫃檯上放著一些零錢，在零錢旁邊，剛好有好幾張便條紙，用膠帶黏在上面。
『家庭醫學的錢，我放在這裡了。』
『我買了野草的書。』
『我買了野外求生的書，釣魚最棒了。』
此刻，雅人的表情變得和緩許多。
自從新的國王遊戲展開之後，雅人看了太多人性醜惡的一面。有些人只考慮到自己活命，有些人則是完全聽從個人慾望行事，也有些人毫不在意就動手殺人。

每次遇到這些人，都讓雅人的內心感到很受傷。不過，並不是所有人都這麼惡劣。協助雅人一行人和 CHILD 對抗的京介、設立避難所拯救許多人的秋山和篠原，還有，為了救雅人一命，毫不猶豫犧牲自己性命的父母。

——沒錯，並不是所有人都是壞人。即使在這樣的狀況下，還是有人保持著尊嚴，認真地求生！

「人類果然很了不起呢。」

雅人感慨地說道，一旁的美咲用手勾住了雅人的手臂。

「嗯，所以你要打起精神來，像我們這樣的人，其實還有很多呢。」

「嗯，希望大家都能夠平安地活下來。」

「一定可以的。因為他們買的書，都是為了生存所需要的書啊。」

美咲看著櫃檯上貼的那些便條紙，露出了微笑。

「大家都很拼命地想要活下去呢。在這個讓人痛苦到想死的世界裡，還是掙扎著想要活下去。」

手電筒的燈光，照得美咲臉上的淚珠閃閃發光。

「啊哈……哈。奇怪，為什麼突然覺得感傷起來……？我是怎麼了？」

「美咲……」

雅人用力抱緊了美咲。

「想哭的話，就儘管哭吧。我會一直陪伴在妳身邊的。」

「謝謝你……雅人。」

兩人用手臂環抱著彼此，這時，聽到身後傳來了乾咳的聲音。

「呃——我是不是先回二樓去躲著比較好？」

和彥下樓到一半，楞在原地搔搔頭。

「我在樓上找過了，可惜沒有電池。假如嫌我礙眼的話，我可以上樓去看DVD，給你們30分鐘相處的時間。畢竟，樓上有一些我平常很想看的片子。」

「你、你在說什麼蠢話啊！和彥！」

雅人紅著臉，放開了美咲。

「沒有電池的話就走吧。反正已經買到地圖了。」

「真的嗎？你們不必在乎我喔。我可以去成人區，看那些DVD的盒子，這樣可以排遣寂寞。」

「未成年不能看吧？」

「有什麼關係，現在誰管得著我啊！我要上去囉！至少給自己找點樂子嘛。啊啊——好想要女朋友啊！」

和彥敲了敲樓梯的扶手。

「那麼，兩位請慢慢來。」

「什麼請慢慢來！沒有那麼多時間啦。你再繼續說那些沒頭沒腦的話，我就扔下你不管囉。」

「啊，知道啦、知道啦。不跟你開玩笑了。」

和彥嘟著嘴，朝雅人的方向跑去。

「等到一切恢復平靜之後，再去交女朋友吧。現在這種狀況下，跟女生告白搞不好還會碰上CHILD呢。不過，用觸手來舌吻，感覺還挺新鮮的。」

「不要想那麼變態的事啦！真噁心！」

「呿！有女朋友的人，當然不像我這麼猴急啦。啊……你這傢伙、難道說，你和美咲已經接吻過了？」

「你、你管不著吧！」

雅人這麼回答，一旁的美咲則是一臉焦急，不停地搖頭。

「就……就是說啊。現在別說那些了，得盡快趕到札幌才行。」

「啊、美咲，妳想轉移焦點嗎？果然，你們接吻過了！在哪裡？是不是像檸檬一樣酸酸甜甜的啊？」

「無可奉告。」

「咦！有什麼關係，告訴我啦。寫一篇400字的作文形容給我聽嘛！」

「我連10個字都懶得寫！」

美咲與和彥這樣鬥嘴時，雅人已經邁開步伐走出去了。

「好啦，我們快走吧！」

走到外面，見到幾頭牛，在路的另一邊走著。牛一見到雅人他們，就趕緊躲到建築物後面。

「牠們是從哪裡逃出來的嗎？」

「或許吧。這附近好像沒有牧場的樣子。」

美咲呼地嘆了一口氣。

「被人類飼養的動物也很可憐呢，突然間就得要回到野生的狀態。」

「看來牠們也很辛苦呢。」

此時，口袋裡的智慧型手機響起了收到簡訊的鈴聲。同一時間，美咲與和彥的手機也都響了。

三個人頓時緊張起來。

雅人咕嘟地吞了一口口水，拿出手機，確認螢幕上的簡訊。

【9／24星期五02：51　寄件者：國王　主旨：國王遊戲　本文：這是所有居住在北海道的人所進行的國王遊戲。國王的命令絕對要在24小時內達成。※不允許中途棄權。※命令5：有戀人的人，要殺死對方。　END】

「戀人……」

雅人與美咲，愕然地望著彼此。

逆思流

國王遊戲〈再生9・19〉

（原名：王様ゲーム 再生9・19）

作者／金澤伸明
譯者／許嘉祥
發行人／黃鎮隆
總編輯／洪琇菁
責任編輯／路克
企劃宣傳／邱小祐・劉宜蓉

協理／陳君平
國際版權／林孟璇・劉惠卿
美術編輯／李政儀
文字校對／許煒彤

出版／城邦文化事業股份有限公司 尖端出版
台北市中山區民生東路二段一四一號十樓
電話：（〇二）二五〇〇—七六〇〇
傳真：（〇二）二五〇〇—二六八三
E-mail：7novels@mail2.spp.com.tw

發行／英屬蓋曼群島商家庭傳媒股份有限公司城邦分公司
尖端出版 行銷業務部
台北市中山區民生東路二段一四一號十樓
電話：（〇二）二五〇〇—七六〇〇（代表號）
傳真：（〇二）二五〇〇—一九七九
讀者服務信箱：sandy@spp.com.tw

中彰投以北經銷（含宜花東）／高見文化行銷股份有限公司
電話：〇八〇〇—〇五五—三六五
傳真：（〇二）二六六八—六二二〇三

雲嘉經銷／威信圖書有限公司 嘉義公司
電話：（〇五）二三三—三八五二
傳真：（〇五）二三三—三八六三

南部經銷／威信圖書有限公司 高雄公司
客服專線：〇八〇〇—〇二八—〇二八
電話：（〇七）三七三—〇〇七九
傳真：（〇七）三七三—〇〇八七

香港總經銷／城邦（香港）出版集團有限公司
香港灣仔駱克道一九三號東超商業中心一樓
電話：（八五二）二五〇八—六二三一
傳真：（八五二）二五七八—九三三七
E-mail：hkcite@biznetvigator.com

法律顧問／通律機構
台北市重慶南路二段五十九號十一樓

二〇一四年三月一版一刷
二〇一五年三月一版四刷

■中文版■

郵購注意事項：
1. 填妥劃撥單資料：帳號：50003021戶名：英屬蓋曼群島商家庭傳媒(股)公司城邦分公司。2. 通信欄內註明訂購書名與冊數。3. 劃撥金額低於500元，請加附掛號郵資50元。如劃撥日起 10～14日，仍未收到書時，請洽劃撥組。劃撥專線TEL：(03)312-4212 ・ FAX：(03)322-4621。E-mail：marketing@spp.com.tw

國家圖書館出版品預行編目資料

國王遊戲 再生9.19 / 金澤伸明著；許嘉祥譯.
— 1版. — 臺北市：尖端出版，2014.3
面；公分. —（逆思流）
譯自：王様ゲーム 再生9.19
ISBN 978-957-10-5513-8（平裝）

861.57　　102027327